女性、阅读
和一间自己的房间

[英] 维吉尼亚·伍尔夫 著

罗长利 译

新流出品

前言

当象征自由的女神决意解救人间时,伍尔夫便出现了。她化笔墨作晨曦,唤起了一片初晓。

世人向这位蜚声文坛的英国女作家献上了诸多桂冠:20世纪最伟大的女作家、现代主义文学的领军者、意识流小说先驱、女性主义的先锋等。可若是"当审判日来临",每个人都要被授予最恰当的荣誉之时,那么我想,镌刻在她名字前面的,应当是"自由精神开拓者"的称号,尽管她本人定然会对此一笑置之。

在随笔集《普通读者》中,她竭力捍卫我们每个普通读者的独立性,视其为"最重要的品质",而闻名遐迩的《一间自己的房间》，滥觞于她的两篇演讲稿，更是被奉为女性主义的宣言和经典之作。毫无疑问，这两部作品是我们了解伍尔夫自由精神的优选途径。本书的前两部分选篇于前者，第三部分则是《一间自己的房间》的完整收录。

阅读伍尔夫的随笔是一种秉烛夜谈般的享受，她有着深厚扎实的文学根基，在见解的表达上偏偏又是那样灵动洒脱、不落窠臼，以无比的敏感和细腻，娓娓道出独到而深刻的见解。伍尔夫的评论饱含女性特有的感性色彩，不仅体现在她对文字那敏锐至极的感知力，还有她通过考据作者生平，而对其精神生活展开的设身处地的推敲。在评价夏洛蒂·勃朗特时，她直言不讳："勃朗特的作品吸引我们的并不是她对人物的细致观察，因为她的人物都是活泼又简单的；也不是她作品中的喜剧色彩，她的作品严肃又粗糙；也不是为了探究人生的哲学观点，她的观点不过是一位乡村牧师女儿的浅见。吸引我们的，是她作品中的诗意。"基于这样的观点，她又给出了艾米莉·勃朗特更高的评价。她在作品中多次提到"文学中的诗意"

这个概念，正如福斯特所言："她提醒了我们感觉的重要性。"

我想，使她与她文中那些评论家有着霄壤之别的重要因素，应当是她始终把自己摆在普通读者的位置。关于普通读者，伍尔夫引用约翰逊博士的话来强调其崇高地位。正如前文所言，她极度重视每个普通读者的独立性，在慷慨分享阅读心得的同时，她体贴地、小心翼翼地守护着我们的精神自由和"阅读是出于个人兴趣"的朴实信条。

在《一间自己的房间》中，伍尔夫又凭借着相当的幽默、机智和感性的想象，以温婉平实的口吻展开论述，道尽了在父权制社会中，女性们长久以来受到的歧视与压迫，提出了"女性若想投身创作并实现独立，就必须拥有闲暇、金钱和一间属于自己的房间"的宣言。不同于之前的读者视角，在这里，伍尔夫从女性创作者的角度再次对几位伟大女性作家的创作进行了分析，我们可以感受到两者之间微妙而强烈的共振。实际上，伍尔夫的论述不可谓不旁征博引，只是她对意识流技巧行云流水般的运用使得我们沉醉于跟随她的论点摆荡,而几乎完全意识不到任何的厚重与枯燥。在这样的情况下,她每一次自然而然地提出观点、每一次平实地发问,都是那样铿锵有力、振聋发聩。

在以文学创作为轴,从经济、历史、文化等角度对传统父权社会进行"声讨"之后,伍尔夫似乎陷入了一种需要"无意识地抑制某些东西"的心态当中,而"这种抑制越来越费力",直到她无意间注意到了一对上了出租车的夫妇,才从自己的"满足感"中意识到了"精神的统一"。伍尔夫在这里引用了柯勒律治的名言:"伟大的心灵是雌雄同体的。"进而论证了"所有唤起性别意识的人都应该受到谴责。""对任何写作的人来说,把自己的性别放在心上都是致命的。"至此,自由精神在她的笔下完成了自我开解,实现了一次完美的升华。让我们从心底感到庆幸:自由之神从未青睐过仇恨,她最终带给世人的是一场甘霖,是一场万物和谐的救赎。

回顾全书,从普通读者到普通女性,其间关联的纽带是伍尔夫的自由精神。文学上的高屋建瓴者是她的缩影，女性中的挺身而出者是她的化身，从"精英评论家"到父权社会，我们会惊奇地发现，自由女神的弓矢似乎从未偏离过标靶分毫，它始终正对着它的敌人——世俗的桎梏、强权的压迫和其他一切自欺欺人的傲慢与偏见。

在自由的黎明降临之际，伍尔夫又向混沌归去了。"不必着急，不必耀眼，不必成为别人，做自己就好。"人们始终记得她的亲切叮嘱。

罗长利

目录

I 怎样的女性写出怎样的书

3 简·奥斯丁
25 《简·爱》与《呼啸山庄》
37 论乔治·艾略特
57 女性与小说

II 普通读者的阅读乐趣

75 普通读者
77 读书不必听人指导
80 读小说要有想象力
83 读传记和回忆录的乐趣
89 读诗的最佳时机
94 如何评判书的优劣
100 为读书而读书

Ⅲ 一间自己的房间

- 105 一
- 137 二
- 163 三
- 187 四
- 217 五
- 241 六

I 怎样的女性写出怎样的书

简·奥斯丁 | 1775—1817

简·奥斯丁

若如卡桑德拉·奥斯丁小姐所愿,我们可能再也无法获得除简·奥斯丁部分小说之外的关于她的信息了。只有在写给姐姐卡桑德拉的信件中,简·奥斯丁才会毫无顾虑地表达内心,倾诉她内心的期望和她一生中沉痛的失望(如果关于她失恋的传闻属实)。但是,当卡桑德拉·奥斯丁日渐年老,她妹妹的声誉与日俱增,她开始担心陌生人会来寻找,学者们会来研究她妹妹的信件,于是她烧毁了那些可以满足人们好奇心的信件,只留下她认为琐碎不足以引发兴趣的部分。

因此,我们对简·奥斯丁的了解仅来自流言蜚语、一些信件和她的小说。至于流言蜚语，如果它能跨越时代流传至今，那么它就值得重视；只需稍作整理，它就能很好地适应我们的需求。例如，小菲拉德菲娅·奥斯丁这样评价她的堂姐：简"长相平平，过于严肃，不像一个十二岁的女孩……简有些异想天开、做作"。还有米特福德夫人，小时候就认识奥斯丁家的姑娘们，认为简"是她记忆中最美丽、最温文尔雅、最矫揉造作，如同花丛中优雅飞舞的蝴蝶一般寻找丈夫的姑娘"。米特福德夫人一位不知名的朋友说："她正在简那儿做客，她说奥斯丁已经变得僵化，成为有史以来最呆板、沉默寡言的'单身贵族'。在社交场合，人们对她的重视程度不比对烧火棍或火炉栅栏多，直到《傲慢与偏见》问世，才揭示了这个冷漠矜持的外壳下隐藏着多么珍贵的宝藏……现在情况已经大不相同了。"这位好心的夫人继续说道："她仍然是一根烧火棍——然而是一根让人敬畏的烧火棍……她是一个才华横溢的人，一位精湛的人物描绘者，然而她却沉默寡言，这真是令人生畏！"另一方面，当然还有奥斯丁家族，这是一个不太沉溺于自我吹嘘的家族，尽管如此，他们都说她的兄弟们"非常喜欢她，并且为她感到骄傲。由于她的天赋、美德和迷人的风度，他们对她充满喜爱，每个人都喜欢将自己的侄女或女儿与那位亲爱的简妹妹相比，但他们从未奢望能找到与她相媲美的人"。既妩媚动人又刻板拘泥，受到家人宠爱而令人生畏，言辞尖锐而内心柔软——这些看似矛盾的特质并非不能共存。当我们研究她的小说时，会发现我们同样被作者身上的复杂性困扰。

首先，被小菲拉德菲娅认为简直不像个十二岁孩子的那位严肃、异想天开、做作的小姑娘，不久便成为一部全无稚气的令人惊讶的短篇小说集《爱情与友谊》的作者，尽管难以置信，这部作品是简·奥斯丁在十五岁时创作的。这本书显然是为了给同学们提供娱乐而创作的。这部短篇小说集的其中一篇作品，是以一种戏谑的严肃口吻献给她的兄弟的；还有一篇把她的姐姐用水彩画出的一些人物头像作为插图，这些轻松幽默的作品被认为是家庭中的财富。其中穿插着讽刺，这些讽刺力道十足，因为年轻的奥斯丁们都喜欢嘲笑那些"长吁短叹、晕倒在沙发上"的优雅女士。

兄弟姐妹们一致厌恶某些恶习,当简大声朗读她对这些恶习的最后一击时,大家肯定都会放声大笑。她写道:"失去奥古斯塔斯的痛苦使我殉情而亡。致命的昏厥夺去了我的生命。亲爱的劳拉,请务必小心不要昏倒……你想要发狂也可以,但千万不要昏倒……"为了讲述劳拉、索菲娅、菲兰德、古斯塔夫斯以及乘坐马车往返爱丁堡与斯特林的那位绅士的令人难以置信的冒险故事,叙述在写字台抽屉里被窃取的财产的过程,描绘饥饿的母亲和扮演麦克佩斯的儿子,她飞快地继续写着,速度太快,以至她几乎顾不上拼写的正确性。毫无疑问,这个故事一定让教室里的同学们捧腹大笑。然而,这位十五岁的女孩,躲在公共客厅的一个角落里写作,显然并不是为了逗兄弟姐妹们笑,也不是为了家庭的娱乐。她是在为每个人写作,为那些微不足道的小人物写作,为我们的时代写作,为她自己的时代写作;换句话说,在这么小的年纪,简·奥斯丁就已经在写作了。人们倾听着这个故事，注意到句子的节奏、匀称和严谨。"她是一个和善、有教养、乐于助人的年轻女子；从这一点来看，我们几乎不可能不喜欢她——但她只是一个让人轻视的对象罢了。"她写出这样的句子，想让它在圣诞节假期结束后依然留存在人们的记忆里。充满活力、流畅、幽默（几乎到了恶搞的地步）——《爱情与友谊》正是由这些元素构成的；然而，在整部作品中永远不会消失在其他声音里的那个音符，那个清晰而尖锐的音调又是什么呢？那是欢笑。这位十五岁的女孩在笑，在这个世界上属于她的小角落里欢笑。

十五岁的女孩总是爱笑。当宾尼先生在餐桌上误用盐代替糖，她们便笑了。汤姆金斯老太太不小心坐到椅子上的猫的身上，她们几乎笑到窒息。然而过了一会儿，她们又开始哭泣。她们没有一个稳定的视角，从那个角度看去，她们能在人性中发现一些总是可笑的东西，从男人和女人身上发现一些总是引起人们讽刺的特质。她们并不明白，格雷维尔夫人对他人的冷漠以及可怜的玛丽亚受到冷落，都是在每一个舞会上不可避免的永恒特征。然而，简·奥斯丁从她诞生之日起就理解了这一点。在摇篮上守护着她的仙女之一，肯定在简出生时带着她飞遍了全世界。当简被放回摇篮时，她不仅已经知道世界是什么样子，而且还划定了她自己的国土。她发誓：如果她能统治这片领土，就不会贪求其他。于是，在十五岁时，她对别人几乎不抱幻想，对自己则完全不抱幻想。无论写什么，她都会精雕细琢，周全考虑，并将其置于宇宙中——而非牧师的住所——的恰当位置。她超然物外，高深莫测。作家简·奥斯丁在那本书中最出色的速写部分记录了格雷维尔夫人的一段对话，其中丝毫没有作为牧师女儿的简·奥斯丁对她曾受到冷遇的愤怒。她的目光直接指向目标，我们清楚地知道，这个目标位于人性地图上的何处。我们之所以能知道，是因为简·奥斯丁遵守了她的誓言，她从未越过自己的边界。她从未在羞愧中泄露过自己的秘密，在怜悯中删去过讽刺的描绘，或在狂想的迷雾中模糊了故事轮廓。她似乎曾说过，激情和狂想——她用手杖指着——都在那边终结，而她的领土边界是清晰明确的。然而，她也并不否认那些位于她领土之外的明月、山川和城堡的存在。她甚至还曾为苏格兰女王撰写过一部传奇小说。奥斯丁确实非常敬仰苏格兰女王，称她为"世界上最杰出的人物之一"，还说"她是一位迷人的公主，当时她唯一的朋友是诺福克公爵，而她现在的朋友是惠特克先生、勒弗罗伊夫人、奈特夫人和我本人"。这些言辞将她的热情巧妙地限制，最后化为一阵欢笑。与此相比，再看看不久之后年轻的勃朗特姐妹在她们北方的牧师住宅里用什么词语来描绘韦林顿公爵，着实有趣。

随着成长，这位严肃的小姑娘逐渐崭露头角。在米特福德夫人的记忆中，她成了"最美丽、最温文尔雅、最矫揉造作，如同花丛中优雅飞舞的蝴蝶一般寻找丈夫的姑娘"，并顺带成为一部名为《傲慢与偏见》的小说的作者。这部小说是她在房间里，在一扇嘎吱作响的门后偷偷完成的，完成后却放在抽屉里沉寂了很多年。据说，不久之后，她便开始创作另一部名为《华生一家》的小说，但出于某种原因，她对这部作品并不满意，未完成便搁置了。一位伟大作家的次等作品同样值得一读，因为它们为她的杰作提供了最好的批判素材。在这里,奥斯丁在创作过程中遇到的困难愈发明显,而她用来克服这些困难的手段也没能巧妙地掩盖起来。首先,开头几章生硬而乏味,这证明了奥斯丁属于那种作家——他们在初稿中直接陈述事实,然后反复修改,赋予生命,渲染氛围,从而掩盖事实。如何才能做到这一点——既抑制又增添,需要用哪些精妙的技巧——我们无法说清楚。但是,奇迹已经创造出来了,十四年家庭生活的平淡经历已经转化为另一种精妙细腻、流畅优美的风格;我们永远也不会想到,简·奥斯丁曾经为此在这些篇章中反复修改,做了多么辛苦的准备工作。在这里,我们终于理解,简·奥斯丁毕竟不是什么魔术师。和其他作家一样,她必须创造出某种气氛,在这种气氛中,她独特的天才能够结出硕果。在这里,她正在摸索;在这里,她要求我们等待。突然,她成功了。现在事物终于能够以她所喜欢的方式呈现出来:爱德华兹一家即将参加舞会,汤姆林森家的马车正赶往舞会现场。她可以告诉我们,"他们给查尔斯一副手套,并嘱咐他戴着手套不要脱下来";汤姆·马斯格雷夫抱着一桶牡蛎躲进了一个偏僻的角落，显得十分惬意。她的天才展现得自由而活跃。我们的感知立刻变得敏锐起来；我们被那种只有奥斯丁才能给予的特殊又强烈的感觉吸引。这种感觉是由什么构成的呢？它的构成元素是一个乡下小镇的舞会：几对男女在会场上相识、握手交谈，吃吃喝喝。在这个过程中突然发生的变化，无非是一个年轻人被一个年轻女子冷落，而另一个年轻女子对他表示欢迎。没有悲剧，也没有英雄主义。然而，出于某种原因，这个微小的场景却充满活力，与它表面上的庄重完全不相称。奥斯丁使我们看到，如果爱玛在舞会上表现出如此关怀、温柔以及真挚的感情，那么在人生中更为重大的危急时刻，奥斯丁本人也会展现出这种真挚的感情；当我们注视着爱玛，这一切不可避免地浮现在我们的眼前。因此，简·奥斯丁是一个比表面看起来具有更深刻的感情的大师。她激发我们的想象力，让我们自己去补充她所没有写出来的部分。从表面上看，她所提供的只是一些细节；然而，这些细节中蕴含着某种可以在读者头脑中拓展的因素，她赋予这种因素最持久的形式，把外在琐碎的人生场景展现出来。她总是把重点放在人物身上。她让我们去猜测,当奥斯本爵士和汤姆·马斯格雷夫在两点五十五分前来拜访,而这时玛丽刚好拿着盘子和刀盒进来,爱玛会如何应对?这是一个极为尴尬的场景。那两位年轻男子习惯于更为优雅的礼仪。爱玛很可能会暴露出自己缺乏教养、庸俗、不值一提的一面。那段曲折的对话让我们感到焦虑不已、坐立难安。我们的注意力既集中在当前,也关注着未来。最后,爱玛表现得如此得体,证明我们可以对她寄予很高的期望,我们为之深受感动,好像目睹了一件极为重要的事情。在这里,在这段未经润饰的、关键的副情节中,确实包含着简·奥斯丁伟大品质的所有要素。它具有文学的永恒品质。抛开表面的生动活泼、栩栩如生,仍然有一种对人类价值进行微妙细腻鉴别的能力存在,它为我们提供了一种更深刻的乐趣。如果再抛开这一点,人们就能够带着极大的满足细细品味那种更为抽象的艺术;在那个舞会场景中,人物情绪的多样变化以及各个部分的比例协调,使人们有可能欣赏那更为抽象的艺术,就像欣赏诗歌一样,仅仅是欣赏它本身的美,而不是将其视为一个引导故事走向某个方向的环节。

然而,有人说简·奥斯丁拘谨、沉默寡言,是人们敬而远之的"烧火棍"。在她的小说中也可以看出这样的迹象。奥斯丁有时会显得非常冷漠,她是一位始终不渝的讽刺家,在文学家中独树一帜。《华生一家》文笔生硬的开头几章,证明了她并非艾米莉·勃朗特那样极具天赋的作家——只要稍微展示自己的才华,就能赢得人们的喜爱。她谦逊愉快地收集树枝和稻草作为建筑巢穴的材料,将它们整齐地排列在一起。这些树枝和稻草本身显得有些枯燥乏味,略带尘土。它们组成了宏伟的庄园、小小的住房、茶话会、宴会和偶尔的野餐。生活受到有价值的社会关系和适当的经济收入的保障,也受限于泥泞的道路、潮湿的脚板,而女士们则很容易感到疲惫。有一点金钱和地位支撑着这种生活,还有那些生活在乡村的中产阶级上层家庭通常所珍视的教育。罪恶、冒险和激情被拒之门外。然而,对于这些平淡无奇、微不足道的事物,她没有回避也没有忽视。她耐心而准确地告诉我们，书中的人物如何"一路上毫不停留地来到了纽伯里，在那儿，一顿把中饭和晚饭合在一起的美餐结束了他们一天的享乐和疲劳"。她不仅口头尊重传统，而且内心真诚地信仰它们。当她描绘像埃德蒙·伯特伦那样的牧师，或者尤其是当她描绘一位水手之时，他们神圣的职责似乎限制了她，使她无法自由地运用她的主要工具——喜剧天赋，因此陷入了一种窘境：她发表了一通冠冕堂皇的颂词或者进行了一些具体的描绘。但这些只是偶尔的例外，在大多数情况下，她的态度让人想起那位无名女士的惊叹："她是一个才华横溢的人，一位精湛的人物描绘者，然而她却沉默寡言，这真是令人生畏！"她无意改变或消除任何事物，她保持沉默，而这的确是可怕的。她一个接一个地创造出她的笨蛋、道学先生和世俗之徒，塑造出她的柯林斯先生、沃尔特·埃利奥特爵士和贝内特夫人。她用鞭子般的词语驱使着他们，让他们围成一个圆圈；这根词语的鞭子在他们周围舞动，勾勒出他们永恒的形象。于是他们就留在那里。她没有为他们辩解，也没有对他们表现出同情。当她处理完朱莉娅和玛丽亚·伯特伦这两个人物后，她们没有留下任何痕迹；伯特伦夫人"坐在那里喊着小狗伯格，试图阻止它跑进花圃"，这就是她留下的印象。奥斯丁高举神圣的裁决之镰降下判罚：格兰特博士起初喜欢吃嫩鹅肉，最后"在一个星期内参加了三次丰盛的学院授职宴会，终于患了中风死去了"。有时候，她塑造的人物似乎只是为了让自己尽享割下他们头颅的至高快乐。她非常满意，心满意足；在这个为她提供了如此美妙乐趣的世界里，她不愿改变任何人头上的一根头发，或者移动任何一片砖瓦、一棵草木。

我们同样也不想这样做。因为，尽管强烈的虚荣心引发的痛苦或精神上的愤怒激发我们去改善一个充满仇恨、狭隘和愚昧的世界，这个任务也超过了我们的能力。人们就是这样——那个十五岁的女孩知道这一点，那个成熟的妇女证实了这一点。就在这一刻，某位伯特伦夫人正在阻止伯格跑进花圃；她叫查普曼去帮助芬尼小姐，但已经为时太晚。奥斯丁的洞察力是如此精确，她的讽刺如此恰到好处，以至于我们几乎从未意识到它始终存在。没有一处褊狭的描述、没有一丝涉及仇恨的暗示能让我们从专注的阅读中惊醒。欢乐的情感与我们阅读的愉悦奇妙地结合在一起。美的光芒照耀着那些愚蠢的角色。

实际上,那种难以捉摸的品质通常是由截然不同的部分构成的,需要一种特殊的天赋来将这些不同的部分结合在一起。简·奥斯丁的智慧与她的完美品位相辅相成。她笔下的愚人就是一个愚人,势利小人就是势利小人,因为这样的角色与她心中明智、理性的典范格格不入,即使在她让我们发笑的同时,也清晰地传达了这样的信息。没有小说家能比她更会充分地利用对人类各种价值的精确感知。她揭示出偏离了仁爱、忠诚、真诚这些英国文学中最受喜爱的品质的邪路,这背离了纯洁的心灵、诚实的品位和近乎严肃的道德。她运用这种方法来描绘瑕瑜并存的玛丽·克劳福德。她让玛丽尽情地谈论反对那位牧师,或者赞同一个拥有一万英镑年收入的准男爵,但奥斯丁时不时地弹奏自己的旋律,尽管音量不大,却是完整的旋律。于是,尽管玛丽·克劳福德的滔滔不绝仍然让我们觉得有趣,听起来却显得平淡无奇了。因此,她笔下的场景，深度、美感和复杂性并存。从这种对比中，产生了一种美感，甚至是一种庄严，它不仅与她的智慧同样出色，而且是其不可分割的组成部分。在《华生一家》中，她让我们提前体会到这种力量；她使我们惊讶：为什么一个普通的出于善意的行为，在她的描绘下，会变得如此富有意义？在她的杰作中，这种天赋达到了完美的境地。在这里，没有什么是不合适的。在诺桑普顿的中午时分，一位迟钝的年轻男子和一位相当羸弱的年轻女子在楼梯上交谈，他们正准备去楼上换装参加宴会，女仆从他们身边走过。然而，他们的谈话突然从平凡琐碎变得意义非凡，对他们而言，这成为他们一生中最值得珍藏的时刻。它本身充满了意义，如同耀眼的光芒，鲜艳夺目地出现在我们面前；它是深刻的、颤动的，在那里静静地悬浮了一秒；接着那个女仆从他们身旁经过，于是这一滴融汇了人生所有幸福的水轻轻坠落，重新成为日常生活起伏不定的潮流的一部分。

　　简·奥斯丁对事物洞若观火，她选择的写作题材多是日常生活、社交聚会、野餐和乡村舞会等平凡琐事，有什么比这更加自然的吗？摄政王和克拉克先生提出的"改变她的写作风格的建议"无法诱导她；任何传奇、冒险、政治或阴谋都无法与她在乡间住宅的楼梯上所见到的景象比拟。摄政王和他的图书馆馆员的确遇到了可怕的障碍；他们正试图撼动一颗坚不可摧的良心，干扰一种无比正确的判断。那位在十五岁时就写出了这般优美句子的姑娘从未停止写作，她从未为摄政王或他的图书馆馆员而写作，她写作是为了整个世界。她清楚地知道她的力量所在，了解作为一个对最终成品高标准的作家，适合把这种力量用于处理哪些题材。有些情景超出了她的认识；有些情感无法通过她的智慧来包容，无论使用何种夸张或技巧。例如，她无法使一位姑娘热情奔放地谈论军旗或教堂。她不能全身心地沉浸在某个浪漫的时刻。她用各种方法来回避激情场面。她以自己独特的方式接近自然之美。她在描述美丽的夜色时，从未提到过天空中的明月。尽管如此，当我们读到"万里无云的夜空的光辉和树木的浓荫形成的对比"这样简明的短语时，立刻感觉到夜色确实如她所说的那样"庄严、静谧、可爱"。简单地说，那夜晚确实如此。

她的诸多天赋呈现出完美的平衡。她所完成的小说都是成功的，她所写的诸多章节中几乎没有什么在她平均水准之下的例子。然而，她仅仅活到四十二岁。她在能力达到顶峰之时离世。她的写作仍有可能发生变化，这种变化常常会使作家在创作事业的最后阶段变得更加有趣。她充满活力，不可抑制，她的创作天赋充满了强大的生命力。毫无疑问，如果能够活得更长，她将会创作出更多作品。因此，人们不禁思考，她是否会尝试用不同的方式来写作？她的领域界限是明确的，明月、山峦和城堡都在她的领域之外。但是，她有时是否也会受到诱惑，想要暂时越过她的界限？她是否开始以她自己轻快而卓越的方式去筹划一次小小的探险之旅？

以她最后的完整小说《劝导》为出发点，让我们探讨如果她能够继续活下去，可能会创作出什么样的作品。在《劝导》中存在着一种特殊的美和某种独特的单调性。这种单调往往预示着两个不同阶段之间的过渡。此时，这位作家似乎有些疲惫。她对于所处世界的各种活动过于熟悉，不再以新鲜的眼光去记录它们。她的喜剧作品中有一种刺耳的音调，它使人们不再觉得沃尔特爵士的虚荣或埃利奥特小姐的势利有趣。讽刺生硬，喜剧粗糙，她不再用新鲜的感觉去察觉日常生活的幽默。她的思想似乎没有完全聚焦在她所观察的对象上。然而，当我们意识到简·奥斯丁曾经做得更好时，我们也会觉得她正尝试着从未涉足的事物。《劝导》中有一种新的成分，或许正是这种特质让休厄尔博士感动地坚称这是"她最美的一部作品"。她开始发现，这个世界比她过去想象的更宽广、更神秘、更富有浪漫情怀。我们感到，她对安妮的评论也适用于她自己："在年轻时期，她不得不小心谨慎，随着年龄的增长，她学会了一种浪漫的姿态——这是一个不自然开始的自然结果。"她更加详细地描述自然的美丽和感伤之处，在她通常描绘春天的地方，她详细地描绘了秋天。她谈到"乡村的秋天给人的感觉是如此甜美而又忧伤"。她描绘了"枯黄的秋叶和凋零的篱笆"。她注意到"人们并不因为曾在某个地方遭受痛苦而减轻对它的眷恋"。然而，并非仅仅因为一种对自然的新颖感受,我们才能察觉到奥斯丁的变化,她对生活本身的态度也发生了改变。在这部作品的大部分内容中,她通过一个书中女性角色的视角来审视人生,这个女性角色本身是不幸的,她对他人的幸福和不幸有着特殊的同情心。到最后,奥斯丁不得不默默地评价这种特殊的同情心。因此,与往常相比,她对事实的观察减少了,而对感情的关注增加了。在那个音乐会的场景中,以及在关于女性爱情忠贞的著名谈话中,已经展现出来的情感不仅证实了一个传记事实,即简·奥斯丁曾经谈过恋爱,而且证实了一个美学事实,即她不再害怕表达这种情感。生活的经历,如果是严肃的,必须深埋在记忆中,经过时间的沉淀来净化之后,她才允许自己在小说中展现它。然而,到了一八一七年,她已经准备好了。从表面上看,在她所处的境况下,另一种变化也迫在眉睫。她的声誉增长曾非常缓慢。奥斯汀·利先生写道:"我怀疑是否还有其他著名作家的个人事迹也如此深藏于朦胧之中。"只要奥斯丁再活几年,这一切都会改变。她会在伦敦生活,参加宴会,会见名流,结交新友,读书,出游,并将对人生的众多观察带回那宁静的乡村,在闲暇时充分享受。

那么,这一切改变将对简·奥斯丁尚未完成的另外六部小说产生何种影响?她绝不会描写罪恶、情欲或冒险。她绝不会因为出版商的纠缠或朋友的奉承而草率行事或言不由衷。但是,她一定会了解到更多,她的安全感必定会受到动摇,她的喜剧必然会受到影响。她肯定会减少对人物对话的依赖(在《劝导》中已经显露端倪),转而更多地依靠沉思和反思来呈现她的人物。那些在短暂闲谈中为我们概括了克罗夫特海军上将或马斯格罗夫太太所需了解的一切情况的精彩对话,那种简洁、直接或精准或失之偏颇的表达方式曾包含了许多人物分析和心理描写的章节,而现在要用这种方式来表达她目前所理解的人类本性的复杂性,就显得过于粗糙和不足了。她必定会发明一种新的方式,一种与原先一样清晰明了、从容自若,但更为深刻、更为内涵丰富的方式。不仅为了表达人们已经说出的事情,也为了表达他们尚未透露的内心世界;不仅为了描绘人们的外貌,也为了展现生活的真谛。她会站在离她的角色更远的地方，更多地将他们视为整体而非个体。她的讽刺不再如过去那般滔滔不绝，而是变得更严苛。她可能成为亨利·詹姆斯和普鲁斯特的先驱——但我们已经说得够多了，这些空洞的推测是徒劳的。那位最完美的女性艺术家，那位创作了不朽作品的作者，在刚刚开始对自己的成功萌发自信时，溘然长逝了。

夏洛蒂·勃朗特 | 1816—1855

《简·爱》与《呼啸山庄》

夏洛蒂·勃朗特降世至今已有一百年了,但她在文学史上的地位依然不减,成为众人景仰的传奇人物。然而,她的一生只有短短的三十九年,如果她能够活得和普通人一样长久,那么她的传奇故事想必会截然不同,想想还挺有意思的。她可能像当时的一些名人一样,成为常在伦敦或其他城市抛头露面的人物,成为数不胜数的画册和逸闻的主角,成为许多小说或回忆录的创作者。在她逝去之后,我们会怀念她中年时期的光辉岁月。她也可能会过着富足幸福的生活,一帆风顺。但现实并非如此。每当我们想起她,就难免会想起那些在现实世界时运不济的人,并追忆

艾米莉·勃朗特 | 1818—1848

到二十世纪五十年代，想起那个偏远的约克郡沼泽地带的教区牧师住宅。在那里，她不幸而又孤独，身体贫苦、精神振奋，永远如此。

生活影响了她的性格，也很可能在她的作品中留下了这些痕迹。我们可以想象，一位小说家需要使用许多不那么经久耐用的材料来构建小说结构，这些材料起初会赋予小说现实感，但最终只会使其被无用的废料拖累。当我们再次打开《简·爱》时，不禁怀疑她想象中的世界和那荒野的教区牧师住宅一样古老、过时，似维多利亚中期的光景，只有好奇者才会探索，只有虔诚者才会留存。我们怀着这种心情打开了《简·爱》，仅仅读了两页，所有的疑虑都烟消云散。

猩红色的褶皱窗帘挡住了我的右侧视线，左侧则是明亮的玻璃窗。它虽然保护着我，却无法隔离我与十一月那个阴暗的日子。我翻着书页，不时被这个冬日下午的景象吸引。远处是一片白茫茫的云雾，近处是湿漉漉的草地和被风吹雨淋的灌木。在悠长的狂风哀号之前，不绝的暴雨席卷而下。

没有什么比荒野沼泽本身更易逝，没有什么比

"悠长的狂风哀号"更时兴了。这种兴奋状态并非短暂的。它促使我们匆忙地读完整部作品,没有时间去思考和揣摩,也不能让我们的目光离开书页。我们专心致志,如果有人在房间里走动,他的行动似乎并非在房间里发生,而是在遥远的约克郡。作者牵着我们的手,强迫我们沿着她的道路前进,迫使我们去看她所看到的东西。她从未离开过我们,也不会让我们忘记她。最终,我们沉浸在夏洛蒂·勃朗特的天才、激情和义愤之中。不同寻常的脸庞、轮廓鲜明的人物、性情古怪的容貌在我们面前一闪而过;然而,只有通过她的眼睛,我们才能看到他们。一旦她离开,我们就再也找不到他们。当我们想起罗切斯特时,不得不想起简·爱。当我们想起荒野沼泽时,简·爱又浮现在我们眼前。当我们想起那个会客室,甚至那些"似乎印上了艳丽花环的白色地毯",那个"灰白色的巴黎式样的壁炉台",上面镶嵌着波希米亚玻璃花饰,发出"红宝石颜色"的光芒,还有那房间里"雪与火交相辉映的混合色彩"——如果没有简·爱,这一切又有什么意义呢?

简·爱作为一个人物，其缺陷不难寻找。她总是作为家庭女教师而存在，同时又总是陷入情网，这在一个大多数人既非教师又非恋人的世界中，显然是一种严重的局限。相比之下，简·奥斯丁或托尔斯泰作品中的人物则呈现出多种不同的面貌。这些人物活着，通过与周围不同人物的交互，进一步增添了他们本身的复杂性。无论这些人物的创作者是否关注他们，他们仍然在所处的世界中自由行走。对我们来说，既然他们已经创造了这个世界，这个世界似乎是一个我们可以自由探索的独立空间。托马斯·哈代在个性和视野的狭隘方面与夏洛蒂·勃朗特更相似，但在其他方面存在巨大差异。当我们阅读《无名的裘德》时，我们不是匆匆忙忙地看完它，而是停下来思考，离开正文，跟随思想的线索漂流，在人物周围建立起一种质疑和建议的氛围。人物本身往往并没有意识到这一点。尽管他们是简单朴素的农民，但我们不得不让他们面对命运和最深刻的问题。在哈代的小说中，最重要的人物似乎往往是那些没有名字的人。这种独特的能力，这种思考推理的好奇心，与夏洛蒂·勃朗特毫不相干。夏洛蒂·勃朗特并不试图解决人生问题，甚至没有意识到这些问题的存在。她所有的力量都集中在断言"我爱""我恨""我痛苦"上，且由于受到压抑而变得愈加强烈。

这些自我中心、自我限制的作家有一种力量，可以抵制更加广泛、宽容的观念。他们受到狭隘的墙壁的束缚，思想被紧紧地限制在其中，并且被深深地打上烙印。他们头脑中所产生的每个想法都带有他们个人的印记。他们很少向其他作家学习，而他们接受的思想也无法被完全吸收、消化。哈代和夏洛蒂·勃朗特似乎都在一种拘谨而有教养的报刊文字的基础上建立了他们的风格。他们的散文常常显得笨拙且难以掌控，但是，通过艰苦的努力和最顽强的整体性，他们深思熟虑地推敲每一个想法，直到它们与文字完美融合，从而铸造出一种完全符合他们思维模式的散文，充满独特的美感、力量和灵动。夏洛蒂·勃朗特至少没有从广泛的阅读中受益。她从未学会像职业作家那样流畅地写作，也没有掌握任意堆砌和支配文字的能力。她写道："我永远也不能轻松地与强势、周到、儒雅的头脑交流，不论是男是女。"这句话看起来像出自哪位外省杂志的领军作家之手，但她又集中火力，急切地，用自己权威性的声音接着说道："除非我先冲破了传统保守态度的外围工事，跨过了自信心的门槛，在他们内心的炉火旁边赢得一席之地。"她确实坐在那里了，正是那红色的、明灭不定的心灵之火，照亮着她的书页。换言之，勃朗特的作品吸引我们的并不是她对人物的细致观察，因为她的人物都是活泼又简单的；也不是她作品中的喜剧色彩，她的作品严肃又粗糙；也不是为了探究人生的哲学观点，她的观点不过是一位乡村牧师女儿的浅见。吸引我们的，是她作品中的诗意。也许像勃朗特这样具有强烈个性的作家都是如此，如我们平时说的那样：他们一开门，人们就能把屋子里的一切看个一清二楚。他们有一种桀骜不驯的力量，总是与既定的秩序做斗争，这使得他们总是渴望创作，而不愿意袖手旁观。这样的渴望创作的热情，抵御了黑暗和障碍，避开了常人琐事，迂回曲折地前进，并与种种难以言喻的激情结成同盟。这使他们成为诗人，或者即使他们愿意选择以散文写作，也不能容忍任何限制和束缚。夏洛蒂和艾米莉姐妹总是求助于大自然，也正是出于这个原因。

她们姐妹俩都深知需要一种比言语更为强大的象征力量来表达人性中潜藏着的众多情感。夏洛蒂最出色的小说《维莱特》就是以一场暴风雨的描写作结："夜幕深锁，一艘沉舟驶自西方，云朵诡谲变幻。"她借助大自然的描写展现了一种无法言说的情感。尽管对于大自然，她们姐妹俩的观察不如桃乐茜·华兹华斯准确，描写也不如丁尼生细腻，但她们能抓住大地上和她们自身或书中人物情感最接近的方面。她们笔下的风雨、沼泽和夏日美丽的天空，并非为了装饰枯燥的文字或展现作者的观察力，而是用来表现情感的延续和作品的深刻含义。

作品的意义往往不在于故事情节或对话的内容，而在于作品中各个元素与作者之间的联系，这种联系很难被完全把握。特别是像勃朗特姐妹这样的作家，她们具有诗人的气质，她们表达的意义和所使用的语言是不可分离的，这个意义本身更像一种情绪而不是一种独特的观察。《呼啸山庄》比《简·爱》更难理解，因为艾米莉是一位比夏洛蒂更伟大的诗人。夏洛蒂在写作时总是慷慨激昂地说："我爱""我恨""我痛苦"。她的感受固然浓烈，我们却也能望其项背。《呼啸山庄》则不然，其中没有"我"，也没有家庭女教师或雇主这样的角色；它有的是"爱"，可不是凡俗的男女之爱，她的灵感萌生于一种更为宏大的思绪。她创作的动力不是来自自身的痛苦或伤害，而是当她抬头时，对眼前这样一个四分五裂、混乱不堪的世界的观察和反思。她的内心有一股力量，想要通过她的作品将这个分裂的世界重新合为一体。整个作品中都体现了她的巨大抱负——这是一场战斗，尽管承受挫折，她依然信心百倍。她想要通过作品中的人物表达的不是"我爱"或"我恨"，而是"我们，整个人类"和"你们，永恒的力量……"（这句话并没有说完）。这一切也并不奇怪，令人惊奇的是她能够让我们感受到她心中未曾道出的思想。这种思想在卡瑟琳·欧肖半吞半吐的话中显现："如果其他一切都毁灭，只要他仍存在，我便将继续生活下去；如果其他一切都留下而他却被毁,那整个世间将与我形同陌路,我似乎也不再是它的一部分了。"她在死者面前的发言再次表达了这种思想:"我看到了一种无论人间还是地狱都无法摧毁的安宁,我感受到了对那永无止境、没有阴霾的来世生活的确信——他们已经进入了永恒的来世,在那里,生命无限延续,爱情和谐共存,欢乐充溢无尽。"正是这种潜藏于人类本性的幻觉之下并将这些幻觉升华到崇高境界的力量的暗示,使得这部作品在其他小说中独树一帜、鹤立鸡群。然而,对艾米莉·勃朗特而言,仅仅写几首抒情诗、发出一声呼喊、表达一种信念,是远远不够的。在她的诗歌中,她已经完全实现了这一切,或许她的诗歌能够比她的小说流传得更为久远。但她既是诗人又是小说家,她必须让自己承担更为艰巨且徒劳的任务,必须面对各种其他生存方式的事实,与某些外部事物的机制做斗争,建立出可以被识别的形态的农庄和房屋,并报道男女角色们独立于她之外的言论。因此,我们在没有任何夸张或过度的修辞的情况下,通过聆听一位年轻女孩在树枝上唱古老歌谣、眼见羊群啃食草地、倾听柔和的风吹过草原，达到了情感高潮。这个农场的生活和那些荒唐的传说跃然眼前。这给了我们充分的机会，将《呼啸山庄》与现实中的农场、将希克利与真实人物进行比较。我们可以问：在这些与我们平常所见的人物大相径庭的男女中，怎么会有真实性、洞察力或更细腻的情感呢？但正当我们提问时，我们就看到了希克利，一个天才姐妹眼中的兄弟。尽管我们认为他不可能是真实存在的，但在文学作品中，没有一个少年形象比他更真实、生动。卡瑟琳母女也是如此。我们认为没有女性会有她们的感受或以她们的方式行动，但她们仍是英国小说中最可爱的妇女形象。艾米莉似乎能够将我们用来识别人的所有外部标识撕碎，再将强大的生命力注入这些不可辨认的幻影中，使它们超越现实。因此，她的力量是最为罕见的。她可以把生活从它依赖的事实中解放；三言两语，就能道明一张面孔内在的精神，因此它不需要借助外壳；只要她描述荒野沼泽，我们就能听到狂风哀号、雷声咆哮。

乔治·艾略特 | 1819—1880

论乔治·艾略特

只要认真阅读乔治·艾略特的作品,我们就会意识到对她的了解多么有限,进而逐渐意识到那种轻信(一种不会被人们的洞察力认可的轻信),人们怀着这种轻信,半自觉半刻意地接受一位受骗的妇人对维多利亚后期的描述。这位妇人具有一种虚幻的操控能力,这种能力对那些比她更容易受骗的读者更有效。现在她那迷惑人的咒语已被解开,我们却很难断定具体是在什么时间、用了什么方法。有些人认为是她传记出版的功劳,也可能是因为乔治·梅瑞狄斯提出的一些说法,类似"主持马戏表演的机灵小矮人"和讲台上"误入歧途的女人",这些说法如无数涂满毒药的锋利箭矢,尽管那些射手连目标都瞄不准,对于射箭却乐此不疲。于是,乔治·艾略特成了年轻人嘲笑的对象之一,成了可以概括一大群人的便利的代号,这群人都犯了相同的盲目崇拜偶像的错误,可以用相同的蔑视来将他们打发掉。阿克顿爵士说过,她比但丁还要伟大;当赫伯特·斯宾塞禁止伦敦图书馆外借任何小说时,他豁免了她的作品,仿佛它们不属于小说范畴。她是女性的骄傲和榜样。此外,她的私人生活记录并不比她的公开活动更有吸引力。如果要描述在修道院里度过的一个下午,故事讲述者总是会表示:那些严肃的星期日下午的记忆激发了他的幽默感。坐在矮椅里的那位庄重的女士曾令他惶恐万分,他急着想发表一些明智的见解。当然,谈话是非常严肃的,正如出自那位伟大的小说家之手的一张写着清秀字迹的笔记所证明的那样。笔记上注明了时间是星期一早晨,她因为自己在讲话时没有适当地预先考虑到马丽沃而自责,她当时指的是另一位作家;但是毫无疑问,她说她的听众们已经予以纠正了。尽管如此,在星期日的下午，和乔治·艾略特谈论马丽沃的这段回忆依然算不上有情调。随着岁月的流逝，这些回忆并没有历久弥新，而是褪色风干了。

人们很难摆脱这样的信念：相信乔治·艾略特那张长长的、阴沉的脸，挂着严肃又郁闷的表情还有马一般的力量。这种压抑的印象已经深深印在每个回想起她的人的脑海中了，以至他们在看她的书时都觉得在被那张脸盯着。戈斯先生最近描述了他看到乔治·艾略特乘着一辆双座四轮马车路过伦敦街头的情景：

> 一位体形壮硕的女巫，稳如泰山，心不在焉的样子，她的容貌从侧面看起来有点阴郁，头上戴着一顶不协调的帽子，不过总是巴黎最流行的款式，在那段时间，帽子上经常插着一支巨大的鸵鸟羽毛。

里奇夫人用同样的技巧描绘了一张更为形象的室内肖像：

她穿着美丽的黑色缎袍坐在火炉旁，旁边的桌子上放着一盏有绿色灯罩的台灯，桌上有德文书、小册子和象牙色的裁纸刀。她仪态庄重、雍容华贵，有一双坚定的小眼睛，嗓音甜美。当我看着她时，觉得她是一个朋友，并不完全是有私交的朋友，而是给人一种友善、仁慈的兴奋感。

她的一段话被保存了下来。她说："我们应该尊重我们的影响力。通过我们自己的经历，我们知道了别人对我们的生活有多大影响。因此，我们必须牢记，我们反过来对别人也一定有同样的影响。"我们小心地珍藏着这些教诲，将其深深地刻在心里。可以想象，在三十年后回顾这些情景并复述她的这段话时，你可能会突然忍不住大笑起来。

在所有这些记录中，我们可以感觉到，即使记录者当时在现场，也保持了一定的距离和清醒的头脑，在他日后阅读这些小说时，眼里也永远不会闪烁着或灵动，或令人费解，或美丽的、闪耀个性的光芒。在这些充满个性特征的小说中，一个巨大的缺陷是缺乏魅力，而她的评论家大多数为男性，都或有意或无意地对她怀恨在心，认为她缺乏一种妇女身上公认的诱人的特质。乔治·艾略特并不妩媚动人。她没有浓郁的女性气质，也缺乏许多艺术家所拥有的独特古怪的脾气——这种脾气赋予他们孩子般可爱的纯真。大部分人都与里奇夫人同感，感觉她"并不完全是有私交的朋友，而是给人一种友善、仁慈的兴奋感"。但是，如果我们更加仔细地审视这些画面，就会发现，它们描绘出的都是一位年长的知名女性的肖像，她穿着黑色的缎袍端坐在四轮双座敞篷马车上，她是一位经历了奋斗的女性，从拼搏中发出了想益于他人的深刻愿望。但是，除了她年少时就熟悉的那一小撮人之外，她并不想与其他人建立亲密的关系。我们对她的青春时期知之甚少，但我们确实知道，她的文化、哲学、声誉和影响都是在一个非常卑微的基础之上建立起来的——她是一位木匠的孙女。

她的第一卷生活记录相当压抑。记录中描述了她在狭小的乡村社会中苦苦挣扎，后来才摆脱那种让人无法忍受的无聊厌倦（她父亲的社会地位有所上升，更接近中产阶级,生活却没那么有情趣),成为极具才智的《伦敦评论报》的一名助理编辑,成为赫伯特·斯宾塞令人敬重的同事。这些早期经历在那些悲痛的独白中得到披露,这无异于自揭伤疤,但克洛斯先生却指责她利用这些独白来讲述自己的人生故事。她从小就像是一位"肯定很快就能在服装俱乐部那条路上取得进展"的姑娘。后来,她制作了一张基督教会历史图表,并以此筹集资金修复了一座教堂。可后来,她就不再信仰宗教了,这使得她父亲气得不行,甚至不让她进家门。再之后,她接下了翻译施特劳斯的《耶稣传》的这份苦差,这本书本身就沉闷且令人心灵麻木,而她还必须同时料理家务,照顾病危的父亲,做这些通常是女性该做的事。她非常重视姐弟情谊,但她难过地发现,因为她成了一位女学者,弟弟正渐渐对她失去尊敬,这些事对减轻她心头的沉闷感来说几乎完全无益。她说:"我总是像一只猫头鹰一样走来走去,这让我的弟弟极其反感。"有一位朋友看到她面对基督复活的雕像,为翻译施特劳斯的《耶稣传》而焦头烂额时，写道："可怜的人！有时候我是真的很同情她，看她满脸病容，苍白憔悴，头痛得要命，还要担忧她的父亲。"然而，虽然当我们阅读她的故事时，十分希望她的生活历程的各个阶段能更加轻松或者美好点，但是，她却带着顽强的决心向文化的堡垒进军，越过了我们的怜悯。尽管她进展缓慢，中间困难重重，但她内心根深蒂固的高尚志向却是无可阻挡的推动力。她克服了每一个障碍，阅人无数，博览群书，最终她那惊人的、智慧的生命力取胜了。她的青春饱经风霜，且已逝去。在三十五岁时，正值精力充沛、自由自主之际，她做出了一个对她而言意义重大的决定——甚至对我们来说也至关重要：与乔治·亨利·路易斯同行，前往德国魏玛。

在与路易斯结婚后不久，她创作了一些作品，这些作品充分证明了幸福的到来会伴随着巨大的自由。这些作品本身就可以给我们带来丰沛的精神享受。然而，在她的文学生涯的开端，我们可以看到一些生活境遇的影响，这些影响让她的思想从自身和当下情境中分离出来，转移到过去的时光和乡下的村庄，转到静谧、美好、纯真的童年回忆上。我们可以理解为什么她的第一部作品是《牧师生涯片段》而不是《米德尔马契》了。虽然她和路易斯结婚后被爱情包围，但鉴于社会环境和世俗眼光，他们的婚姻也使她变得孤立无援。一八五七年，她写道："我希望别人能够理解，我不会主动邀请任何人来探访我，除非他们主动要求。"后来她又说，自己"与所谓世间隔绝了"，但她并不后悔。可后来，由于她的处境和她的声名鹊起，她变得万众瞩目，这使得她失去了在无人问津时自由活动的能力，这对一位小说家来说是非常严重的损失。尽管如此，当我们沐浴在《牧师生涯片段》明亮的阳光里时，还是感受到这个成熟而宽广的心灵在她"遥远的过去"中展示出的一种自由和放纵的感觉，所以若要说她损失了多少，好像也不太合适。对这样一个心灵来说，一切都是收获。所有的经历通过层层感知和反思的过滤，都转化成了这个心灵的养料。说到她对小说的态度，根据我们对她生活的零星了解，我们最多只能说，她将某些通常不会很早学会的教训烙印于心，如果她完全吸取了教训，可能其中在她心里打上最深烙印的就是那种可悲的美德，它名为宽容。她的同情心充斥在日常生活中，而且她最乐于讲述平凡生活中那些琐碎的苦与乐。她没有那种与生俱来的浪漫的激情，她的个性既不张扬，也没有屈服，在世界背景之下勾勒出鲜明的剪影。一个吸着鼻烟、喝着威士忌做梦的老牧师，他的爱和痛比起简·爱那炽烈的利己主义，又算得了什么呢？《牧师生涯片段》《亚当·比德》和《弗洛斯河上的磨坊》，最初的这几本书是相当美的。她塑造的人物，如波伊泽、道特森、吉尔菲、巴顿等几家人以及他们所处的环境和其他事物都栩栩如生、有血有肉，其优点不胜枚举。我们游走于他们之间，有时厌倦，有时同情，但对于他们的一切言行，我们都毫不怀疑地接受，这是只有伟大的原创才能够做到的。她把她的记忆和风趣，如流水般自然地倾注到每个人物和场景中，把古老的英国乡村风貌完整地再现，这一切都是水到渠成、天衣无缝的。这一切都使我们欣然接受，我们感受到只有伟大的、富有创造力的作家才能给我们带来的那种宜人的温暖和精神上的放松。多年之后我们重温这些作品，完全出乎意料，因为它们甚至仍然能像以前一样散发出巨大的能量和热量，以至我们除了沉溺在这股暖流中以外别无他想，就像沐浴在从果园的红墙上铺洒下来的阳光里。如果在这种情况下，有一种因素使我们不假思索地拜倒在英格兰中部农民夫妇的幽默感之下，那也是正确的。我们甚至不愿意去分析我们感受到的如此宏大而深邃的人性。从一座房屋到一所铁匠铺，从农舍客厅到教区花园，我们从闲庭信步中收获了轻松和愉悦，当我们想到谢泼顿和海斯洛普的世界在时间上有多遥远，想到那些农夫和雇工的思想和乔治·艾略特大部分读者的思想有多遥远时，我们只能把这种收获归功于一个事实：乔治·艾略特让我们分享她的生活并不是出于一种恩赐的态度或好奇的心理，而是出于一种同情的精神。她不是一个讽刺作家。她的思维太缓慢、太笨重，不适合创作喜剧。但是，她以她渊博的理解聚集起了大量人性的主要因素，并且以宽容、积极的方式将它们松散地组合在一起,当你重新阅读她的作品时,会惊奇地发现这种理解力不仅让她的人物形象栩栩如生,而且赋予了人物掌控我们欢乐和泪水这样出乎意料的能力。以著名的波伊泽太太为例,寻常作家很容易过度强调她的癖好,而实际上,也许乔治·艾略特确实被同一个点逗笑太多次了,但是当我们读完整本书,合上书本时,就像现实生活中有时会发生的那样,我们的记忆会使得那些曾被其他更突出的特征掩盖的微妙而精巧的细节浮现出来。我们回想起波伊泽太太并不乐观的健康状况,她在某些情况下的沉默,她对于病弱孩子的无微不至,她对托蒂的溺爱。乔治·艾略特创作的大部分人物,我们都可以这样细细推敲、品味,即使是不太重要的角色,她也为他们那些从未在明面上被提起的品质留出充足的空间。

但是即使在她的早期作品中,也有一些东西夹杂在所有的宽容和同情之中,那是更为重大的瞬间。乔治·艾略特的幽默感很广,广到足以包容许多人,包括傻瓜和失败者、母亲和孩子、家犬和英格兰中部肥沃的田野，以及精明或烂醉的农民、马商、旅店老板、助理牧师和木匠。他们都笼罩在一种浪漫的气氛中，这种气氛是乔治·艾略特允许自己渲染的唯一浪漫——往昔的浪漫。这些作品有着惊人的可读性，没有任何夸张或矫揉造作的痕迹。然而，对那些熟知她早期作品的读者来说，回忆的迷雾正在逐渐消散。这并不是说她的力量有所减弱，因为我们认为她在巅峰之作《米德尔马契》中展示了最强大的力量，这部伟大的小说即使有所不足，也是为成年人而写的英国小说中的佼佼者。然而，她不再满足于那个乡间世界。在现实生活中，她曾在别的地方寻找她的归宿，尽管回首过去是一种平静和安慰，但即使在那些早期作品中，也存在着乔治·艾略特本人那种困惑、质疑、严苛的精神的痕迹，如《亚当·比德》中的黛娜，其中隐约带着艾略特自己的影子。在《弗洛斯河上的磨坊》中，乔治·艾略特更是通过女主人公麦琪公开展现了完整的自己。她是《珍妮特的忏悔》中的珍妮特，是《罗慕拉》中的罗慕拉，是《米德尔马契》中追寻智慧并在与拉第斯芳的婚姻中寻求几乎无法被常人理解之物的多罗塞娅。我们难免会想到那些反感乔治·艾略特的人是因为她笔下的女主角，这不无道理，因为她们毫无疑问地展现了她最坏的方面，让她置身困境，让她局促不安、好为人师，偶尔还显得粗陋可鄙。但是，如果我们删去所有的姐妹关系，剩下的将是一个小得多、低级得多的世界，尽管这是个艺术更完美、体验更欢乐舒适的世界。在细数她的失败时（如果这算是失败的话），我们可以发现她在三十七岁之前从未写过小说，而在此之后，她就开始带着一种杂糅着痛苦和一些类似愤恨的东西来思考自己。她曾经在很长一段时间里宁愿完全不去想自己。之后，随着她创作能力的第一个高峰退却和自信的增强，她开始越来越多地站在个人立场来写作。然而，她并没有像年轻人那样冲动果敢、不顾一切。每当她的女主人公说出她想说的话时，尽管她的自我意识总是那样显而易见，她却千方百计地把它们伪装起来。她赋予女主人公们美貌和财富，还发明了一种白兰地的口味。但是，现实的车轮依然向前，既让人不安困惑，又让人兴致高昂——她被强大的天分驱使，不得不亲自出现在那宁静的田园风光中。

一个最明显的例子,就是那位坚持自己出生于弗洛斯河上磨坊里的、高尚而美丽的女主人公麦琪·塔利弗,她足以说明一个女主人公可以对周围事物产生怎样强大的破坏力。虽然在小时候,幽默感控制着她,让她一直很招人喜欢——那时,能跟吉卜赛人出走或者把钉子敲进娃娃里她就心满意足了。但随着她不断长大,还没等乔治·艾略特搞清楚状况时,她手上的角色就已经是一个成熟女人了,她所需要的既不是吉卜赛人,也不是娃娃或圣奥格镇了。起初,乔治·艾略特为她创造了费利浦·威根姆,作为她的伴侣,后来又创造了斯蒂芬·格斯特。人们经常会指出前者的怯懦和后者的粗鄙,但这两个角色所体现的怯懦和粗鄙,与其说是乔治·艾略特对男性形象描绘的失败,不如说是表明了当她不得不为女主人公构思一个合适的伴侣时,她的优柔寡断、笨拙迟疑,这一切令她的手止不住颤抖。首先,她被迫脱离了她熟知且热爱的乡村世界,走进中产阶级的客厅,那里的年轻男人们在夏日的早晨唱个不停,年轻的妇女则为了义卖会而坐着绣吸烟帽。她觉得自己在这方面是个门外汉，正如她对所谓"上流社会"的拙劣讽刺所证明的那样。

> 上流社会有其奢华的享受，如红酒、天鹅绒地毯、预定六周的宴会、歌剧和华丽的舞厅。它的科学由法拉第等人研究，而宗教活动则由出入豪宅的高级牧师主持。它如何会需要信仰和重视呢？

这段文字中没有幽默或深刻见解，只有嫉妒的报复心，我们觉得这是一种私心。虽然我们的社会体系复杂得可怕，因而要求跨越界限进行创作的小说家必须拥有强大的共情能力和洞察力，可是故事中麦琪·塔利弗所作所为的糟糕之处不只是强行将乔治·艾略特从她的自然环境中硬拉出来所造成的。艾略特还执意将激动人心的场景引入作品中，她必须让她坠入爱河，必须让她绝望，必须让她紧抱她的哥哥溺亡。人们越是审视这些伟大动人的场景，就越是紧张地预计着危急时刻的到来，仿佛乌云在头顶聚集、酝酿，随时准备在我们头上降下一场破灭、冗长的倾盆大雨。这一部分原因是她不是很擅长刻画除方言外的对话，另一部分原因是她像个老人一样害怕劳神，在需要激发情感或集中思绪的时候，她似乎退缩了。她放任女主人公絮叨个不停，她的措辞不够扼要。她缺乏那种能够准确无误地选择一句话并将场景核心压缩其中的能力。例如，（简·奥斯丁的作品《爱玛》中）在韦斯顿家的舞会上，奈特利先生问："你要和谁跳舞？"爱玛回答："如果你邀请我，我就跟你跳。"这个简单的回答足以表达她的心情。但如果换作《米德尔马契》中的卡索朋夫人，她可能会说上一个小时，令人不耐烦地望向窗外。

然而，如果毫不同情地让这些女主人公离开，将乔治·艾略特限制在她"遥远的过去"中的乡村世界中，这不仅会削弱她的伟大之处，而且会失去她真正的特色。她的伟大之处就在我们眼前，毋庸置疑。那广阔的风景、重要特写场面的宏大硬朗的轮廓、早期作品充满活力的光辉、后期作品有力的探索和充实的反思，都超越了我们的想象，让我们流连忘返。然而，我们最后要对这些女主人公投以一瞥。"从我还是个小女孩的时候，我就一直在探寻我的信仰。"多罗西亚·卡索朋说道，"过去我常常祈祷——现在我几乎不祈祷了。我努力不要染上那种只为一己私利的欲望……"她的话代表了所有女主人公。这就是她们的问题，她们的生活离不开宗教，当她们还是小女孩的时候就开始寻求一种宗教。每个女主人公都怀抱着一种深切美好的女性激情，这使得她们怀着渴望和痛苦的立身之处成为那部作品的中心——就像一个安静、肃穆、与世隔绝的教堂一样，但她们不知道该向谁祈祷。她们追寻着自己的目标，在学习中，在女性的日常职责中，在同类人更广泛的效劳中。但她们未能找到所追求的东西，这也是意料之中的事。那些古老的女性意识充满了痛苦和感性，在经历了漫长的沉默之后，似乎在她们身上满溢而出，并发出了要求某种东西的呼声——她们几乎不知道是什么——或许是一些与人类存在的事实不兼容的东西。乔治·艾略特的智慧实在太强大了，所以她不会去篡改那些事实；而她的幽默又太宽广了，所以不会去缓和那些事实，因为事实是很苛刻的。虽然她们的努力是极其勇敢的，但她的女主人公总是以悲剧或者以比悲剧更为悲惨的妥协告终。然而，她们的故事只是乔治·艾略特本人经历的不完整版本。对她而言，单描写妇女生活的沉重负担和复杂处境是不够的，她必须跳出庇护所，为自己摘取奇异而炫目的艺术和知识果实。她紧握着这些东西，几乎没有哪个女人能做到这一点。她不想放弃属于她自己的继承之物——不同观点和标准——也不想接受不相称的回报。因此，我们看到了她，一个难忘的人物，接受过溢美之词，又从她的声誉中急流勇退，沮丧、矜持，颤抖着躲进爱情的怀抱，仿佛只有满足，或许还有其他正当理由；但同时，她又怀着"过分挑剔而又如饥似渴的抱负"，伸出手来寻求生活提供给她自由而好奇的心灵所需的一切，并用她的女性抱负勇敢地与男性的现实世界对峙。无论她的创作是怎样的，她的胜利都是确凿的，当我们回想起她勇于追求和获得的一切时；回想起她是如何克服每一个阻碍——性别、健康和世俗时；

回想起她对知识和自由的不懈追求,直到身体在这双重负担的压迫下憔悴不堪时,我们必须尽一切所能,在她的坟墓前献上所有桂冠与玫瑰。

维吉尼亚·伍尔夫 | 1882—1941

女性与小说

本文的标题可以有两种解读:它既可以指女性和她们创作的小说,也可以指女性和关于女性的小说。作者故意让表述保持模糊,因为与作为作家的女性打交道时,最好保持一定的灵活性;有必要给自己留出足够的空间,以便探讨她们作品之外的事物,因为作品很大程度上受到与艺术无关的环境因素的影响。

对女性写作进行肤浅的调查,很快会引发一系列问题。我们首先会问:为什么在十八世纪之前,女性没有持续地进行写作?为什么到了十八世纪,她们几乎像男性一样习惯于写作,并在写作过程中接连创作了一些英国小说的经典之作?为什么从她们开始艺术创作至今，一定程度上依然要采取小说的形式？

稍作思考，我们就会明白：这些问题的答案只能是更多的虚构。答案现在被锁在古老的日记本中，被塞在陈旧的抽屉里，一半被遗忘在老人的记忆中。要找到答案，需要深入地位低微、寂寂无名的民众的生活——要走进那些黯淡无光的历史长廊中去求索，在那里，幽暗的光线映射出代代女性若隐若现的模糊身影。关于女性的情况，人们知之甚少。英国的历史是男性的历史，而非女性的历史。关于我们的男性长辈，我们总能了解到一些事实和特点：他们曾是步兵或海军，他们曾在这个办公室工作或制定过那项法律。然而，关于我们的母亲、祖母、曾祖母，我们又知道些什么呢？除了某些传言以外，我们几乎一无所知：她们有一位很貌美，有一位头发是红色的，有一位曾被王后亲吻过。除了她们的名字、结婚日期和子女数量之外，我们对她们一无所知。

因此，要回答在特定时期女性为什么从事这个或那个活动、为什么不写作，或者反过来，为什么创作出不朽的杰作，是非常困难的。若有人深入研究过去的记录,将历史反转,正确地描绘出一幅莎士比亚、弥尔顿和约翰逊时代普通女性日常生活的画卷,那么他不仅会写出一本令人惊叹的有趣之作,而且会为评论家提供现在所缺少的武器。非凡女性的产生依赖于普通女性。只有了解普通女性的生活条件——她们的子女数量、是否拥有财产、是否拥有私人空间、是否为家庭提供财力支持、是否雇用仆人、是否承担家务劳动——我们才能判断那些非凡女性在作家身份上是成功还是失败。

历史上各个活跃时期之间,似乎都有奇怪的、沉默的空白阶段相隔。公元前六〇〇年,萨福和一小群女性在希腊的一个岛屿上创作诗歌。之后,她们沉默了。大约在公元一〇〇〇年,一位日本宫廷贵妇——紫式部夫人创作了一部优美的长篇小说。但在十六世纪的英国,当剧作家和诗人非常活跃时,女性却保持沉默。伊丽莎白时代的文学是以男性为主的。然后,在十八世纪末和十九世纪初,我们发现女性又开始写作了——这次是在英国,创作非常繁荣,并且取得了巨大成功。

这些沉默与活跃，奇异的交替间歇，主要是由于法律和世俗的关系。在十五世纪，当一个女性违背父母意愿，拒绝与他们为她挑选的伴侣结婚时，很可能会受到责打，被推来搡去，那种精神氛围是不利于艺术作品创作的。在斯图亚特王朝统治期间，女性未经同意就被嫁给一个男人，他此后便"至少在法律和世俗允许的范围内"成为她的丈夫和主宰，她很可能就几乎没有时间写作了，得到的鼓励更是微乎其微。如今我们生活在精神分析学的时代，开始认识到环境的巨大影响和它对心灵的启迪。通过记忆和文字，我们逐渐了解到艺术创作需要多么非凡的努力，艺术家的心灵又需要多么强大的保护和支持。像济慈、卡莱尔和福楼拜这些男性作家的传记与书信，都可以证实这些观点。

因此，很明显，十九世纪英国兴起大量女性小说的先兆，必然是法律、世俗和习惯等众多方面的细微变化。十九世纪的女性拥有了一些闲暇时间，接受了一些教育。对中产和上层阶级的女性来说，自主选择心仪的丈夫不再是罕见的特例。值得我们注意的是,四位伟大的女性作家——简·奥斯丁、艾米莉·勃朗特、夏洛蒂·勃朗特和乔治·艾略特——没有一个生过孩子,其中两人未婚,这个事实具有重要意义。

然而,尽管女性写作的禁令已经取消,女性创作小说似乎仍面临着相当大的压力。在天赋和性格方面,这四位女作家相互之间差异极大,没有哪四个女人比她们之间的差异更大了。简·奥斯丁与乔治·艾略特毫无共同之处;乔治·艾略特与艾米莉·勃朗特截然相反。然而,她们所接受的教育和生活经历使她们从事相同的职业;当她们开始写作时,都选择了小说。

过去和现在,小说都是女性最容易创作的一种体裁。原因并不难找。小说是最不需要高度集中精神的艺术形式,一部小说比一出戏或一首诗更容易在空闲时间完成。乔治·艾略特中断写作去照顾父亲,夏洛蒂·勃朗特暂时放下笔去削土豆。尽管生活在普通家庭中,被人们包围,但女性接受的训练使她们学会用心灵去观察并分析身边的人物。她们受到的训练使她们成为小说家而非诗人。

即使在十九世纪,女性的生活也基本上局限于家庭和感情。而那些十九世纪的优秀小说依然受到了这样一个事实的深刻影响:由于性别,这些女性作家无法体验到某些类型的人生经历。人生经历对小说的影响是无可争议的。例如,如果康拉德不能当上一名水手,他的许多优秀小说中的精髓将荡然无存。如果剥夺了托尔斯泰作为士兵的战争经历,剥夺了他作为贵族子弟的生活经历和教育经历,以及由此获得的关于人生和社会的认识,《战争与和平》将变得令人难以置信地贫瘠无味。

然而,《傲慢与偏见》《呼啸山庄》《维列特》《米德尔马契》是女性创作的。她们被剥夺了除中产阶级家庭生活之外的所有经历。她们无法获得关于战争、航海、政治或经商的任何领域的第一手经验。甚至,她们的感情生活也受到法律和世俗的严格限制。当乔治·艾略特与路易斯先生未婚同居时,舆论哗然。在这种压力下,乔治·艾略特被迫隐居郊外、与世隔绝,这无疑给她的创作带来了极大的不利影响。她写道:"我不会主动邀请任何人来探访我,除非他们主动要求。"同时,在欧洲的另一端,托尔斯泰作为军人正过着无拘无束的生活,与各阶层的男女交往,无人对此指责,而他的小说正是从这些经历中获得了惊人的广度和活力。

然而,女性所创作的小说不仅仅受到女性作家生活经验的局限和影响。至少在十九世纪,它们还展现出了另一个可能与作家性别有关的特点。在《米德尔马契》和《简·爱》中,我们不仅意识到了作者的性格,正如我们在狄更斯的作品中意识到他的性格一样,还意识到了在场有一位女性——一位谴责她们因性别而受到不公平待遇,并为她们应有的权利呼吁的女性。这在男性作品中是完全没有的,除非他恰好是一名工人、黑人或者因其他原因意识到自己的弱势地位。这种因素使女性作品与男性作品产生了差异,引发了对现实的扭曲,并导致了某种缺陷。那种出于个人原因的呼吁,或者让书中人物成为个人不满或牢骚的代言人的愿望,总是会造成一种灾难性的后果:读者注意力的焦点在突然之间从单一变为双重。

简·奥斯丁和艾米莉·勃朗特勇敢地无视这些要求和呼声,不受批评或指责的影响,坚定地走自己的道路,这正是可以证明她们天才之处的一点。然而,要抵制泄愤的诱惑,需要一个非常冷静或强大的头脑。从事艺术创作的女性总是受到无节制的嘲笑、责难和贬低,很自然地会引起她们的愤恨不平。我们从夏洛蒂·勃朗特的愤怒和乔治·艾略特的沉默忍受中都可以看到这种情绪。在一些二流女作家的作品中更是反复发现这种迹象——她们在主题选择上、在固执己见的处理方式上、在勉强顺从的表现上,都反映出这种情绪。更有甚者,不真诚的态度几乎是无意识地广泛渗透到作品中。她们所持的观点与权威意见有所出入。那种艺术想象要么太男性化,要么太女性化,失去了完美的整体性,同时也失去了作为一件艺术品最基本的要素。

然而,在女性写作中,已经悄然发生了巨大的变化,这看似一种态度上的变化。女作家不再痛苦,也不再愤懑。当她写作时,她不再呼吁和抗议。我们或许还未达到这样一个时代,但即使没有,至少也正在接近这个新时代——女性的写作将很少,或者几乎不受到艺术之外的因素干扰的时代。她将能够集中精力于她的艺术想象,而不会被外部因素分散注意力。过去,只有天才和独创性的作家才能有这种超脱的态度,而现在,这种态度正被广大女性拥有。因此,如今女作家所写的一部普通水平的小说,比起一百年前,甚至五十年前女性所写的小说,都要更真诚、更有趣。

然而,在女性能够确切地按照自己的意愿来写作之前,她们仍然面临许多困难,这是事实。首先,技术上存在着困难——看似简单,实际上却令人费解的难题,就连句子的形式也可能不适合女性。这是男性创造的句式,对女性来说,它可能显得太过宽松、笨拙或夸张了。然而,小说所覆盖的领域又是如此广泛,作者必须找到一种通用、惯常的句式,来将读者轻松地从书的开头带到结尾。这就是女性作家必须为自己做的工作:改变和调整当代流行的句式,直至她们能写出一种自然地容纳自我思想而不压碎或扭曲它的句子。

然而，这终究只是实现目标的一种手段。若要真正实现这个目标，女性必须有克服反对意见的勇气和忠实于自己的决心。因为归根结底，小说是对万千不同事物进行描述，如人类、自然、神祇等，并设法将其联系起来的艺术形式。在每部有价值的小说中，这些不同的因素被作家的艺术想象力排序并安顿在了各自合适的位置。但它们还有另一种顺序，那是世俗强加于它们的。而世俗传统是由男性主宰着的，他们在生活中建立了一套价值观念的顺序，小说大部分又基于现实生活，因此，在很大程度上，这些价值观念在小说中占主导地位。

而一种很大的可能性是：在生活和艺术中，女性的价值观与男性的价值观都有所不同。当一位女性开始写一部小说时，会发现，她总是想要改变已经确立的价值观——一些男性鄙夷不屑的事物，她却想严肃对待；一些男性视同至宝的事物，她却不屑一顾。当然，她会因此受到批评。因为，当男性评论家看到试图改变现有价值观等级的尝试时，会发自内心地感到困惑和惊讶，他看到的观念不仅是不同的，还是与自己的观念截然相反的,于是便认定这些观念软弱、琐碎或过于感性。

但是,现在女性在观点方面也变得更加独立。她们开始尊重自己的价值观。因此,她们的小说题材开始显现出一些变化。她们似乎不再只关注自己,而是更加关注其他女性了。在十九世纪初期,女性所写的小说大部分带有自传性质。她们写小说的一大动机,就是渴望揭示自己所经历的苦难,并抒发自己的抱负。而现在,既然这种愿望不再那么迫切了,女性就开始探究自己的性别,并以一种前所未有的方式来诠释;因为直到最近,文学中的女性形象都还是由男性创造的。

到了这一步,新的困难又摆在眼前,因为从整体上来讲,女性不仅比男性更难观察,而且她们的人生在日常生活程序中所要经受的锻炼和考验也要少得多。女性在一天中的生活,往往留不下任何实质性的成果。她们烹饪的食物已经被吃掉了,她们养大的孩子出门在外了。那么重点在哪里?那些可以让小说家大书特书的焦点又是什么呢?很难回答。女性的人生有一种默默无闻的特质，令人极难捉摸。这是有史以来，这个隐匿于黑暗中的国度首次在小说中被探索。同时，社会上各种职业也开始对女性开放了，女作家还必须记录下由此引发的女性思想和习惯的变化。既然她们现在已经暴露在外部世界中，作家就更需要观察她们的生活摆脱隐秘状态的过程，发觉她们身上呈现出的全新光彩。

因此，如果试图总结当前女性小说的特点，你会说：它大胆、它真诚、它忠实于女性的感受，它并没有满腹的怨怒，它并不偏执于女性特质。同时，它的写法又有别于男性的作品。比起过去，在现在的女性小说中，这些品质要普遍得多，它们可以带来真实的价值和真挚的趣味，甚至使得一些二、三流的作品都可圈可点。

除了以上这些优秀的品质之外，还有两种品质需要我们进一步讨论。英国女性这一身份的影响力，从之前的摇摆不定、模糊不清，到具象化为一名选民、一位领薪者、一位负责任的公民，这种变化使她在生活和艺术方面都转向非个人化。她与外界的联系不只是情感上的，更有理性上的和政治上的。过去的社会制度要求她只能通过丈夫或兄弟的眼光或利益来间接地了解事物，那已经过时，取而代之的是与个人关系更直接的、切实的利害，她如今可以自主地采取行动，而不仅仅是通过他人。因此，她的注意力也不再像过去那样局限于家庭和自身周围，而是变得非个人化了；而她的小说，自然也就有了更多的社会批判性、更少的个人生活分析性质。

过去，那种如牛虻一般紧追不舍地对国家大事进行犀利批判的职责，一直是男性专属，我们可以预见，这种职责现在也将交予女性。她们的小说将揭露社会的弊端，并提出解决方案。她们小说中的人物，将不再限于情感上的互动，而且也将作为种族、阶级和团体中的一员来相互联系和发生冲突。这一变化具有重大意义。然而，对那些比起牛虻更喜欢蝴蝶的人——换句话说，比起社会改革家更喜欢艺术家的人来说，还有一个更有趣的变化。女性生活非个人性质的增加将激发诗意精神的发展，而这正是女性小说最为薄弱的方面。女性生活的变化将使得她们更少地沉溺于现实世界，不再满足于敏锐地记录捕捉到的细节。她们的眼光将不限于个人和政治关系，而是拓展至诗人们试图解决的更广泛的问题——关于我们的命运和生活意义的诸多问题。

这种诗意的态度，当然在很大程度上建立在物质基础之上。它依赖于闲暇的时间和一定数量的金钱，以及金钱和闲暇给我们带来的以非个人的视角冷静观察世界的机会。有了金钱和闲暇，女性自然会比以往更多地投身文学创作。她们将更充分、更巧妙地运用写作工具。她们的技巧也将更加大胆和丰富。

过去，女性小说的优点常常在于其自发性的天赋，就像画眉鸟的歌声一样，并非人工训练使然，而是纯粹发自本性。然而，她们常常也会像鸟儿鸣叫一般喋喋不休——那只是纸上的闲言、待干的笔墨而已。在未来，女性拥有了更多时间、书籍和个人空间，那时文学对她们来说将成为一种需要认真研究的艺术，就像对男性一样。女性的天赋将通过训练而得到强化。小说不再是一个人情感的垃圾场，而是一件艺术品，其各种艺术手段和局限性将如同其他各种艺术品一样被人们探讨。

从这里开始,只要再迈出一小步,女性就可以进入她们至今还极少涉足的尖端艺术领域——写作散文和评论、历史和传记。于小说而言,这也是有益的,因为这不仅可以提高小说的质量,还可以把那些心猿意马的创作者过滤出去,让他们去涉猎其他文学类型。这些人被小说吸引本就是因为小说轻松容易。这样一来,小说就可以摆脱那些涉及历史与事实的累赘了——现如今,它们已经让小说臃肿不堪。

因此,我们不妨大胆预言一下,未来女性创作的小说将会是少而精的,而且文学形式上也不仅限于小说,还有诗歌、评论和历史。但是毫无疑问,要达到这个目标,我们只能期盼那个也许仅存于传说中的黄金时代,到那个时代,女性将获得她们长久以来被剥夺的东西——闲暇、金钱和一间属于自己的房间。

II 普通读者的阅读乐趣

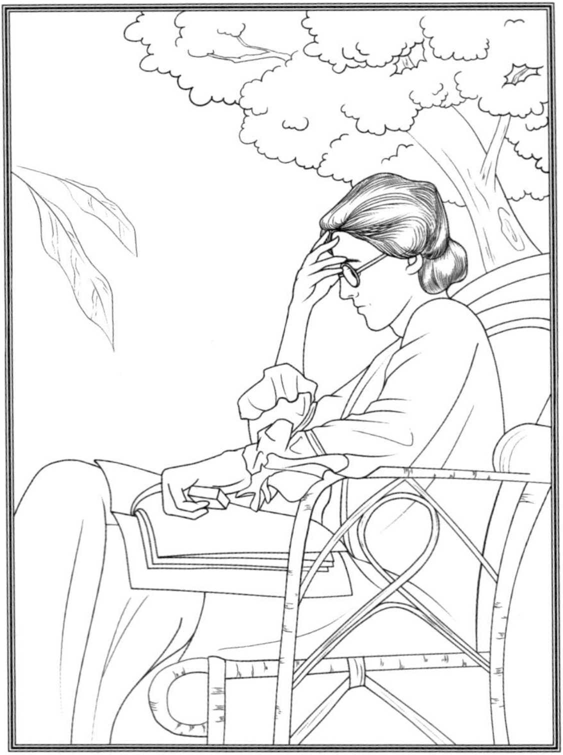

普通读者

在约翰逊博士的《格雷传》中有一段话，非常适合写在那些虽称不上图书室，却摆满了书籍供个人阅读的房间里："我对于能跟普通读者们意见一致深感欣喜；因为，读者们的常识未受文学偏见的腐蚀，在所有的微妙提炼和学术教条之后，必定是由普通读者来最终全权决定诗坛的荣誉所归。"这段话定义了普通读者的品质，彰显了他们的目标，为那些耗时很长却往往无法留下实质性成果的探索赋予了伟大的认可。

正如约翰逊博士的委婉表达，普通读者与评论家和学者有所不同。他接受的教育可能较为浅薄，上天也没有赋予他过多的天赋。他阅读是出于个人兴趣，而非传授知识或纠正他人的观点。最重要的是在一种直觉的指引下，他利用手边可得的各种杂乱素材，为自己创造出某种完整的东西——一个人物肖像、一个时代的速写、一套关于写作艺术的理论。他一边阅读，一边不停地构建一些不稳定、摇摇欲坠的理论结构，这些结构很像那些能产生喜爱、欢笑和争论的真实事物，给他带来暂时的满足。评论家的缺点显而易见，因为他对作品的浏览很仓促、粗略、肤浅，一会儿抓起这首诗歌，一会儿夺过那部古籍残片，只要它们有助于他达成目的并完善他的结构，他并不在意其来源和性质。但是，如果普通读者像约翰逊博士所说的，在最终分配诗坛荣誉方面有一定的话语权，那么把他的一些想法和观点记录下来也许是有必要的，尽管它们本身无足轻重，但毕竟也算为如此重大的结果做了贡献。

读书不必听人指导

关于阅读,一个人可以向他人提供的唯一指导就是不必听从任何指导,你只需根据自己的直觉和理解来得出自己的结论即可。我认为,只有当你和我在这一点上达成共识时,我才有权提出我的看法或建议,而你也不必受我的观点限制,以免有损你的独立性。因为,作为读者,独立性是最重要的品质,而对于书籍,又有谁能制定规则呢?滑铁卢战役是哪一天进行的——这种问题当然有确切的答案。但是要说《哈姆雷特》是否比《李尔王》更好,那就无法断言了——对这类问题,我们每个人都只能自己做主。如果邀请那些衣冠楚楚的权威学者进入图书馆,让他们告诉我们该读什么书，或者我们所读的书到底有什么价值，那就等于摧毁了自由精神，而自由精神正是书籍圣殿中的生命所在。在其他方面，我们或许会遵循常规和惯例——但在这里，我们绝不能受到常规和惯例的束缚。

然而，为了获得自由，我们当然也需要对自己加以限制。我们不能愚蠢地浪费精力：为了给一盆玫瑰浇水，而将半个院子都弄湿。我们必须培养自己准确有力地把握目标的能力。但是，在图书馆里，我们首先可能会遇到一个难题，那就是我们的"目标"究竟是什么？乍一看，可能是五花八门的一大堆：诗歌、小说、历史、回忆录、词典和蓝皮书——各种各样的民族、年龄和性格的男男女女用各种各样的文字写成的各种各样的书，都摆放在那些书架上。窗外有驴子叫着，几个女人在水槽边闲聊，小马驹在田野里奔跑……我们应该从哪里开始呢？如何在这片混沌中理出头绪？如何最大限度地从自己阅读的书籍中获得乐趣？

答案似乎很简单：既然书有种类（如小说、传记、诗歌等），那么我们只需按类别来找出它们应该给予我们的东西就可以了。然而，很少有人会根据书籍能给予我们的东西来进行阅读。当我们阅读时，往往头脑不够清晰，目的不够明确，或者是过于挑剔：小说必须写得真实、诗歌必须写得虚玄、传记必须美化主人公、历史必须迎合我们的成见。我认为，如果想有一个值得称道的阅读的开始，就必须首先摒弃这些成见。我们不应该对作者发号施令，而应该设身处地地为作者考虑——成为作者的伙伴和同谋。如果你一开始就心存怀疑或者要求过高，那么你就不可能从阅读的书籍中获得尽可能多的内涵。相反，如果你尽可能地敞开自己的心扉，那么，一旦打开书，便会从那隐晦曲折的字里行间，从那些难以察觉的蛛丝马迹和暗示中，看到一个与众不同的人。当你沉浸于书中并对它逐渐熟悉之后，很快就会发现，作者传达或者想要传达给你的东西其实是有的放矢的。

读小说要有想象力

一部分为三十章的小说,就像一座建筑一样需要进行规划和构建。但是,文字并不像砖头那样容易触及,阅读一部小说比观赏一座建筑需要更多的时间,也更为复杂。要了解小说家创作过程中的细节,最简单的方法可能不是阅读,而是亲自尝试写作,体验掌控文字的艰难。试想一件让你印象深刻的事情——或许是在某个街道拐角,你从两个正在交谈的人身边走过。一棵摇曳的树,一道摇曳的灯光,那两个人谈话的声音既滑稽又伤感,那一刹那,可能就包含了一个完整的场景和概念。

然而,当你试图用文字重现这一场景时,会发现它已经变成了数百个相互矛盾的印象碎片。这些碎片，有些需要弱化，有些需要强调。并且在写作过程中，你甚至可能无法把握自身的情感。若是这样，你可以放下自己的杂乱手稿，去阅读一位伟大小说家（如笛福、奥斯丁或哈代）的作品，这时你会更加懂得欣赏他们的高超技巧。在那里，我们不但会面对一个与众不同的人——丹尼尔·笛福、简·奥斯丁或托马斯·哈代，而且还会置身于一个与众不同的世界。例如，在《鲁滨孙漂流记》中，我们沿着一条平坦的道路前进，事情接连发生，事物之间的顺序就是一切。如果说荒野和冒险对笛福来说是一切，那么它们对简·奥斯丁来说却一无是处了。在她的作品中，只有客厅和人们的闲谈，以及从他们闲谈中如同镜子般映照出的个性。当我们对客厅的印象熟悉之后，再转向哈代，我们又被带到了沼泽地，头顶满天繁星。在那里所展现的是人性的另一面——不是人际交往中展现的那光明的一面，而是孤独时最强烈的、阴暗的一面。我们所接触的，与其说是人，不如说是自然和命运。

尽管他们的世界各不相同，但每个世界都保持着内在的和谐。每个世界的创造者都严格遵循自己的视角法则，所以无论他们让我们多么劳神，却从未像二流或三流作家那样将两种不同的世界混杂在同一部作品中，让我们感到困惑。因此，从一个伟大的小说家到另一个伟大的小说家——从简·奥斯丁到哈代，从皮科克到特罗洛普，从司各特到梅瑞狄斯——就像被人抓住头发悬空提起，然后被扔来扔去。阅读小说是一门困难且复杂的艺术。如果你想真正了解某个小说家——某个大艺术家——给你的一切，就需要具备相当敏锐的感知力，以及相当大胆的想象力。

读传记和回忆录的乐趣

看看摆满书架的各式各样的书,你会发现,其中只有极少数是由人们口中"伟大的艺术家"所写的。许多书籍往往并不以艺术品自居,尽管它们与小说、诗歌相关联,比如作家、名人传记、自传,还有一些被世人遗忘的逝者的传记。但是,这些书即便不是艺术品,我们难道就不应该去读了吗?或者说我们要去读,但需要不同的方法和目的?可以这样想,有一天傍晚,我们无意间来到了一栋房屋前,屋里亮着灯火,窗帘还没拉上,从房屋里每一个楼层都可以感受到这里正上演着人生的某个片段。这时,我们的好奇心就会被激发——读传记,开始不也是为了满足这样的好奇心吗?我们可以看到房屋里形形色色的人——聊着天的仆人们、正在用餐的绅士们、一位正在为参加晚会梳妆打扮的姑娘、一位坐在窗前织毛衣的老太太——于是我们不禁好奇地问,这些人是谁?他们都是些什么样的人?他们的名字叫什么?他们做过什么事情?有过怎样的经历和思想?

传记和回忆录能够回答我们关心的许多诸如此类的问题,为我们揭示许多房间的内部。它们能够展现人们日常生活的方方面面,包括他们的劳动、成功与失败、饮食起居、爱恨情仇……直至他们生命终结。有时候,当我们正在观察时,房屋随着铁栅栏一并突然消失——我们会被带到海上,或者是去打猎、出海、战斗,可能会进入野蛮人的世界,或者跟随军队参加一场大规模的战斗。或者,我们也可以选择留在英国、伦敦,但此时情景却与现实完全不同:街道变得更窄,屋子更小,窗户上布满了裂痕,房间里拥挤不堪,充满恶臭。我们可以看到著名的诗人多恩正从这样的一间房子里逃离出来。房子的墙壁薄得可怜,我们甚至能听到房间里孩子的哭声。然后,我们可以跟随他的足迹,走过他书中所描述的那些小路,到达特维肯南地区,到达贝德福德夫人的豪宅——有名的贵族和诗人们经常在这里聚会。之后,我们可以来到威尔顿地区的一座小山下,在那里的一所宅邸里听听锡德尼爵士给他的姐姐朗读他的著作《阿卡迪亚》;我们可以随他在一片沼泽地里漫游,还能看到他在他的著名传奇中反复提到的苍鹰。随后,我们可以跟随彭布鲁克夫人,也就是安妮·克利福德,去北方旅行,到她的荒原上去看看;或者,我们也可以去城市里——但如果我们遇到了身穿黑天鹅绒服装的加布里尔·哈威正在与斯宾塞辩论诗歌问题时,可千万不能发笑。没有什么比在既辉煌又黑暗的伊丽莎白时代的伦敦逛来逛去更有趣了,但也不能逗留太久,因为邓普尔、斯威夫特、哈利和圣·约翰在召唤我们。要理解他们之间的争论,了解他们每个人的性格,需要我们花费很多时间。不过当我们对他们厌倦之时,还可以继续前行,路过一位穿着华丽黑色服装的贵妇人,就可以看到约翰逊博士、哥尔斯密和加里克了。或者,如果想换换口味,可以渡过英吉利海峡，去见见伏尔泰、狄德罗和杜·德凡德夫人，再回到英国，回到特维肯南，贝德福德夫人豪宅所在地，蒲柏曾经也住在那里——重游故地，重见故人！从那里，可以去草莓山，到华尔浦尔家里做客，华尔浦尔还会给我们介绍很多新朋友，让我们可以拉响许多不同的门铃，拜访许多不同的家庭。但是，当我们走过华尔浦尔心仪的贝里斯女士的家门前，可能会停下来，因为萨克雷正朝我们走来！他是贝里斯女士的朋友。我们就这样从一个朋友到另一个朋友，从一个花园到另一个花园，从一个府邸到另一个府邸，就从英国文学这头游到了那头，猛然间我们发现自己好像回来了，但还能清楚地区分当下和那永远逝去的过去。

我认为阅读传记和书信是一种很好的方法，可以打开很多往昔的窗户，让我们重新看到已经逝去的名人们当初是如何生活的。有时候，甚至可以设想，当我们走近他们的时候，也许会意外地发现他们的一些秘密。我们还可以拿出他们所写的一部剧本或者一首诗歌，在他们面前读一读，看看会有什么不同的效果。这样做还一定会引出一些其他问题，例如作者的生活经历对他的写作有多大的影响？将一位作家还原成现实生活中的某个人的可能性有多大？以及对于作者用敏感的、为他所左右的语言在我们心中唤起同情或者反感，我们应该接受何种程度？在我们阅读传记和书信时，这些问题会经常浮现在脑海中，我们也只能自己去回答。因为它们是非常主观的，对他人的"指导"听之任之，那难免会存在危险，因为别人口中的往往只是他们自己的偏见。

当然，除了为了理解文学或了解名人，我们还可以抱着锻炼和提高自己的创造力的目的来读这些书。看看书架右边，不是还有一扇开着的窗户吗？放下书往窗外看看吧，那才真正舒心呢！看看田野里蹦跳的小马驹，看看农妇静静地在水槽边往桶里装水，听听一头驴子仰头哀鸣的声音。它们没有意识，互不相关，永远变化无常，但正因如此，它们才让人欣喜。大多数图书馆里的书籍，只是记录了这些男人、女人和驴子短暂的生活而已。任何文学，一旦过时，就会变成一堆旧书——用陈旧而过时的语言进行的描述，对已逝时代和被遗忘的事物的记录。但如果你对这些旧书感兴趣，它们记录的生活场景虽然已被遗忘和腐朽，有时也会让你感到震惊，甚至感到敬畏。有时候只是一封信，描绘出的画面却是那样无与伦比！有时候只是三言两语，蕴含的期望却是那样妙不可言！有时候，你会读到一篇首尾呼应、趣味盎然的完整故事，就像某位著名作家的手笔。但实际上，它很可能是很久以前的一个老演员——泰特·威尔金森记录他与琼斯船长奇妙经历的回忆录；或者是一篇阿瑟·威尔斯利麾下的年轻副官如何爱上里斯本美丽女子的故事；或者是玛丽亚·艾伦在空荡的客厅里放下针线，感叹多么希望自己当初能听从伯尼博士的忠告和里希先生私奔。所有这些东西也许没有实际价值，无足轻重，但是当窗外的小马驹在田野里蹦跳、一个农妇静静地在水槽边往桶里装水、一头驴子仰头哀鸣时，偶尔翻翻这样的旧书，从尘封的岁月中找回几枚旧戒指、几把旧剪刀或几个打歪的鼻子，又何尝不是一件趣事呢！

读诗的最佳时机

我们最终会厌倦翻阅旧书，厌倦寻觅、修补那些真假参半的故事。那些只是把部分事实陈述出来的作品，不过是文学中相当低级的一种。因此我们逐渐想将之放下，想欣赏更抽象、高级的艺术，想追求文学中更纯粹的真实。因此，我们会坠入一种强烈的、泛化的心态，不再拘泥于细节，而是钟情于一些有规律的、反复出现的韵律。它的自然流露就是诗歌。当我们差不多可以提笔写诗时，也就到我们读诗的时候了。

西风何时起？
细雨何时落。

爱人若在怀兮，

教我再入眠！

　　诗歌的感染力既直接又强烈，刹那间，我们的所有感受被诗歌占满。我们是多么快速又彻底地沉浸在诗的深渊里！那里我们无可攀附，也没有什么能够阻止我们飞翔。小说让我们产生的幻想是循序渐进的，效果是预先准备好的，但是当我们读到这四行诗时，谁会停下来打听这诗的作者，或是联想到多恩的家庭和锡德尼的秘书，或是在脑海中将他们卷入错综复杂的过去和更迭的时代中？诗人永远在当代。此刻，我们的情感收缩、聚集，就像受到个人情绪的剧烈冲击。之后，这种感觉会在我们的心中荡开波纹并逐渐扩散，波及感官的末梢，开始发出声音和议论，接着，我们感受到了脑海中的回响和映象。

　　诗歌的强烈效果覆盖了极大范围的情感，我们只需比较一下即可有所体会。像下面这两句，铿锵得直抒胸臆：

我会像树一样倒下,就地埋葬腐朽,
只有悲伤心中残留。

和下面摇曳的韵律:

流落的沙粒计量着分秒,
时间的流逝,如沙漏般精妙;
就在眼下,记录我们生命的消耗,
直至入土,我们也曾年少,
在享乐的年纪,狂欢后,回家睡觉;
但生命的终局,悲痛潦倒,
细数着每一粒沙,厌倦了纷扰,
叹息中哭泣,直到最后一秒,
于是在长眠中,了却了煎熬。

还有泰然的沉思:

无论年轻或衰老,
我们的命运、我们的心灵和归宿,

是无垠的，而且只有在那里，

存着希望，永不磨灭的希望，

努力、期盼、渴望，

还永远有一些事情，在不远的路上。

再对比一下这几句中完整的、无限的动人美好：

月亮升上天际，

不驻留：

她轻柔慢上，

一两颗星在身旁。

或是下面的壮丽想象：

林中幽魂，

不停游荡，

当某片空地，

升起冉冉火光，

熊熊之火把世界点亮，

>他锐利的眼中似乎,
>浮现树荫下藏红花的盛放。

我们开始思考诗人千变万化的艺术技巧,他的力量使我们既是演员也是观众;他能像戴手套一样把手伸入角色中,从而塑造出福斯塔夫或者李尔王;他的力量能浓缩,能放大,能表达,一笔万年。

如何评判书的优劣

"我们只需比较一下"——这句话道破了真相,也道出了阅读真正的复杂性。读书的第一个过程,我们要尽自己最大的理解力去接受印象,但这只是读书过程的一半。要想完全领略读书的乐趣,我们就必须把另一半也完成。我们必须对接受的多种印象进行评判,将那些稍纵即逝的印象凝固下来,让它们牢固而持久。但不要直接就做,要等阅读的尘埃落定;等矛盾和质疑平息,我们可以散步、聊天,从玫瑰花上摘下枯瓣,或者睡一觉。然后,这本书会以不同的姿态回来,这一切发生得很突然,甚至你都没意识到,因为这些转变由自然来接手完成了。有别于之前各自独立的语句，这本书现在会以一个整体的形式浮现于心头，书里的细节都各得其所，我们能看见它从头到尾的形状，一个谷仓、一个猪圈或一座大教堂。

现在，我们可以像比较建筑物一样来比较书了。然而，这种比较意味着我们的态度发生了变化：我们不再是作者的同伴，而是他的评判者。不过，正如我们作为同伴不能对他过分同情一样，作为评判者，按道理我们也不能对他过于严苛。可有些书就是在浪费我们的时间和同情，这难道不是一种罪吗？这些腐败者、亵渎者，这些假书的作者和他们的假书，难道不是社会中最阴险的敌人吗？所以，我们还是评判得严格一些吧，让我们把每一本书都与同类型中最伟大的著作来进行比较。

我们读过的这些伟大著作就萦绕在我们的脑海中，它们历经我们的评判，雄踞于心，如《鲁滨孙漂流记》《爱玛》《还乡》。跟这些小说比较吧，即使是最新的、最不起眼的小说，也有权跟最好的相比。诗歌也是如此——当韵律的熏陶减弱，辞藻的光环褪去，一首诗的真身就会展现在我们的眼前，然后我们必须将其与《李尔王》《费德勒》《序曲》作比较，即使不与这些作品比，也要与我们心目中同类型最好的诗篇来比。对于那些新的诗歌和小说，我们多半可以确定它们的新颖性是其最肤浅的品质，我们评判老作品的标准只需稍加修改即可适用，无须重新构建。

不过，如果自认为读书的第二个过程（对书籍进行评判和比较）跟第一个过程（敞开心扉、接受无数的印象快速涌入脑海）一样容易，那是很愚蠢的。在眼前没有书的情况下，凭借着脑海中的阅读，去将一个朦胧的印象与另一个进行比较，还要让这种比较生动且富有启发性，如果没有极大的阅读量和极高的理解力加持，是相当困难的，更难进一步做出这样的评判："这本书不仅如何如何，还具有这样那样的价值，它在这里做得很失败，那里做得很成功；这里如何好，那里如何不好。"作为读者，如果想履行好这样的职责，渊博的知识、丰富的想象力和敏锐的洞察力是必不可少的。但很难想象任何一个头脑都能具备这样的天赋，即便是最自信的人也不过只能在自己身上找到这种才能的种子而已。

不妨干脆舍弃这一过程，让那些评论家和图书馆里那些穿着礼服的权威专家来代替我们评判书的价值吧，这么做不是更明智吗？万万不可！在阅读中，我们可能会重视同情的作用，可能会试着淡化自我，但我们知道自己是做不到百分之百地感同身受、设身处地的。我们内心总有一个魔鬼在低语："我喜欢，我讨厌。"我们还不能把它禁言。但事实上，恰恰是因为我们又爱又恨的情感，才使得我们与小说家之间的关系如此亲密，以至于我们无法容忍第三者的存在。即使最后的结果令人反感，即使我们的评判有误，但那依然是我们自己的品位，那种能把震撼传遍全身的感觉神经，是读书航线上的一座灯塔；我们是通过感觉来学习的，断不能抑制自己的本性使之贫乏枯竭。

但是，随着时间的推移，我们或许能够训练自己的品位，或许可以让它服从于某种控制。当它贪婪地进食了各种各样的书籍——诗歌、小说、历史和传记——然后停止阅读后，就会开始寻找人世间的千变万化和方枘圆凿，我们会发现它有了变化，它并没有那么贪婪，它更具反思性。它不仅会给我们带来对某本特定的书的评判,还会告诉我们某一类书籍的共同特征。它会说:"注意一下,我们该把这种特征称为什么?"或许它还会引我们阅读《李尔王》,或者《阿伽门农》,以揭示它口中的那种共同的特征。

就这样,在品位的引导之下,我们将不局限于特定的某一本书,还将寻找某一些书的共同特征。我们给这些特征命名,并制定规则,以便将我们的阅读经验归纳总结。我们将从这种鉴别中获得更多、更难得的乐趣。但是,规则的生命力,只在于它不停地与书籍本身接触后的破坏和形成。闭门造车、凭空制定与现实脱节的规则,是最容易、也是最愚蠢的一件事。有一些凤毛麟角的作家,可以启发我们将文学视作一种艺术,现在,为了在这种艰难的尝试中站稳脚跟,我们最好向他们求助。柯勒律治、德莱顿和约翰逊博士,他们深思熟虑后写出的评论,与那些诗人和小说家深思熟虑后说出的话之间的联系往往惊人地密切,它们可以帮助我们照亮、完善脑海中迷雾笼罩下翻腾着的模糊想法。但是,当我们向这些作家请教时,必须带着在阅读过程中积累的实实在在的问题和看法;

反之,如果只是盲目地崇拜其权威,就像一群躺在树荫下的绵羊,那么我们会一无所获。只有自己的评判与他们的意见发生冲突然后被其征服时,我们才会真正地理解并受益。

为读书而读书

既然读书需要具备如此超凡的想象力、洞察力和判断力,你也许会认为,文学艺术过于复杂,就算用一生去阅读,也难以对文学评论做出任何有价值的贡献。我们一定要保持读者身份,我们的身上不会出现只属于被称作"评论家"的罕见人物的光彩。然而,我们仍然有作为普通读者的责任甚至重要性。

我们所提出的标准和做出的评判,会弥散在空气中,融入作家们写作时的呼吸,从而对他们产生一种影响——尽管这种影响没法随作品一起被印刷出来。现今,文学评论已经无可避免地被晾在一边,而此时,这种影响如果得到了积极的引导,变得富有活力、个性和真诚的话，就可能会产生很大的价值。现在的书籍对评论家来说，就像射击场上被当成靶子的动物一样，他们仅花一秒钟装弹、瞄准和射击。所以，如果他们把野兔误认作老虎，或者把老鹰误认作谷仓门上的鸟去射击，甚至偏得离谱，将子弹浪费到远处田野里安静吃草的奶牛身上，也是无可厚非的。如果在媒体飘忽不定的炮火背后，作者还能感受到另一种评论，即出于热爱而阅读的读者们的观点——他们慢条斯理且不专业地做出评论，带着极大的同情心，同时又抱有极严苛的态度，这对提高作者的写作质量，岂非有益？如果通过我们的方式，让书籍变得更有力、更丰富、更多元化，那将是一个值得实现的最终目标。

尽管这个最终目标很令人向往，但是，谁读书会是为了它呢？我们的追求，难道就没有一些是因为它们本身就有益，最后还有一些快乐吗？阅读难道不是其中一种吗？至少，我有时会梦见，当审判日来临之时，那些伟大的征服者、律师和政治家纷纷前来领取各自的奖赏：他们的王冠、他们的荣誉、他们那被铭刻在不朽的大理石板上的难以磨灭的名字——但全能的上帝,在看到我们腋下夹着书本向他走来时,会难掩嫉妒之色地转身对圣彼得说:"你看,这些人并不需要奖赏,我们没什么可以给他们的,因为他们就是爱读书。"

Ⅲ 一间自己的房间

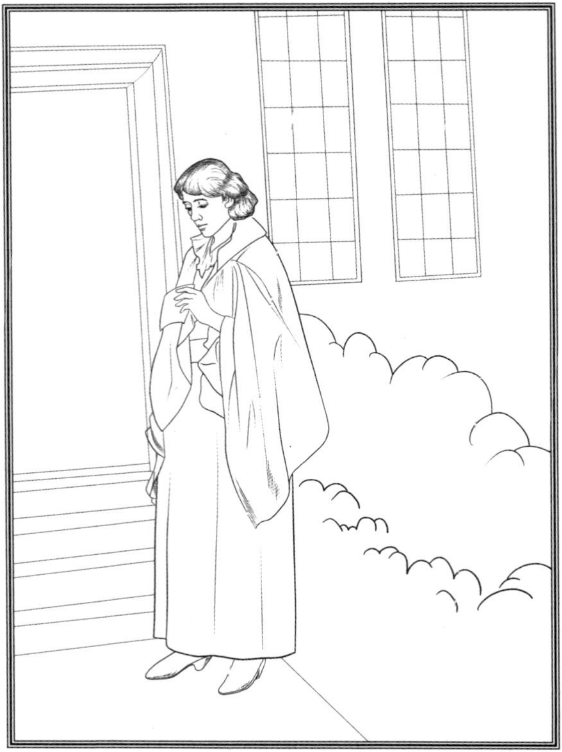

一

你可能会问,我们是请你来谈论女性与小说的,这和自己的房间有什么关系呢?我会尽力解释一下。当我知道你们要我谈论女性与小说时,我坐在河边思考,"女性与小说"这个话题到底意味着什么?我们可以简单聊几句范妮·伯尼,详细介绍一下简·奥斯丁,向勃朗特姐妹致敬,并描绘一下雪季里的霍沃斯故居;如果可能的话,还可以调侃一下米特福德小姐,向乔治·艾略特表达敬意;最后,可以再提一下盖斯凯尔夫人,这样这个话题就讨论完了。

但是我转念一想,这个话题似乎没那么简单。"女性与小说"可能指的是女性和她们是什么样子的人,可能是指女性和她们所创作的小说,可能是女性和描述她们的小说,也可能意味着三者的综合,这也是你们想听到的。尽管最后一个角度最有趣,但是当我开始从这个角度来思考这个话题时,很快发现它有一个致命的缺点——我永远也不会得出结论。我永远也无法履行我所理解的讲师的首要职责——在一个小时的演讲后,递给你一页纯粹的真理,好让你把它夹在笔记本里,然后把它永远放在壁炉台上。我的能力只允许我就一个小问题给你提供一个小意见——女性如果要写小说,就必须拥有钱和一间自己的房间。如你所见,这个意见并没有解答关于女性和小说的本质问题。我逃避了对这两个问题做出结论的责任,就我而言,女性和小说,依然是两个未能解决的问题。但是作为补偿,我将尽可能详细地展示我的思考过程,并尽可能充分、自由地说明我得出这一意见的思路。也许如果我揭露了这些想法和偏见,你就会发现它既涉及女性,也涉及小说。

无论如何,当一个话题极具争议性时——任何关于性别问题的话题都是如此——人们都不指望能有真理。人们唯一能做的就是展示自己总结出观点的思路。一个人只能让听众有机会在观察发言者的局限性、偏见和特质时得出自己的结论。从这个角度来看，小说可能会比现实包含更多的真理。因此，我打算利用自己作为一名小说家的自由和权利，讲述在来这里之前的两天里发生的故事，也就是讲讲肩负着你们赋予我的沉重课题，我是如何去琢磨它，并使它在我的日常生活中发挥作用的。

我没必要说我接下来要描述的东西根本不存在，牛桥大学是虚构的，芬汉姆学院也是，而"我"也只是一个并不存在的人物的方便代称。我也会说谎，但也许其中会夹杂一些真理，而寻找这些真理，并决定它的哪些部分值得保留，则取决于你自己。如果没有真理的话，你当然就可以把这些内容全部扔进废纸篓，然后忘个一干二净。

一两周前，在十月的某天，天气晴朗，我（你可以叫我玛丽·贝顿、玛丽·塞顿、玛丽·卡迈克尔，或者随便叫我什么名字——这无关紧要）坐在河边，陷入深思。就像我刚才所说，"女性与小说"是一个备受争议的话题，会引起各种偏见和激愤，而我却需要在这个话题上做出一些结论，它就像一个金箍一样，压低了我的头。左右两边不知名的灌木，散发出火焰一般的金黄和深红色。河对岸的柳树在无尽的悲痛中哭泣，枝条如长发披肩。河水倒映出它目之所及的天空、小桥和火树。一名学生撑桨划过，划开的倒影又合拢起来，仿佛他从未经过。人们可能会坐在那里穷日落月地沉浸在思考中。思考——我将它诩为，让思绪的渔线垂入河流。让它随着时间一分一秒地流逝，荡漾在倒影和青荇之间，由着水波浮浮沉沉，直到有想法聚集在这条线的末端，再轻轻地一拽，小心翼翼地把它提出水面，放到岸边草地上。唉，我的这个想法太渺小、太微不足道了，够格的渔夫会把这种小鱼放回水中，等它们长大了再将其捉出，制成一道美味。现在我不会再拿这个渺小的想法烦扰你了，但是，只要你留心，就有可能在我接下来要说的话中发现它。

这个想法虽然渺小，却仍有其神秘性——把它放回脑海，它立马就变得兴奋、重要起来。它上冲下撞、闪来闪去，弄得人心烦意乱，再也坐不住了。就这样，我意识到自己正快速穿过一片草地。一个男人的身影蓦地出现，将我拦住。那个人身着晚礼服和裁边大衣，流露出惊惶和愤怒，比画着手势，起初我没弄清他是在示意我。本能先于理智帮我搞清了状况：他是一位学监，我是一个女人。我脚下是草坪，那边才是路。只有研究员和学者能从这里走，而我应该走石子路。我茅塞顿开。当我回到小路上时，学监的手臂就放下了，神色也恢复了往常的平静。虽然草坪上走起来更舒适，但走石子路也无伤大雅。我唯一能指责这些学院的研究员和学者的是，为了保护这片他们已经连续保护了三百年的草坪，他们把我的小鱼放跑了。

　　我已经不记得是什么想法让我这么大胆地闯了进来。心灵的平静如天堂的云朵一般降临，如果说心灵的平静真的存在于某时某地的话，就会在此时此地——在一个怡人的十月清晨，在牛桥大学的校园和四方庭院里。我在那些学院之间闲庭信步，走过古老的走廊，眼下的粗陋都似乎被抚平了，我仿佛置身于一个神奇的玻璃柜中，没有声音可以穿透它，思绪也从现实的各种束缚中解脱（除非有人再次闯入草坪），可以自由地投入与当下和谐的任何沉思。

恰巧就在这时，一些零散记忆浮上脑海，关于在长假中重访牛桥的旧文，让我想起散文家查尔斯·兰姆——小说家萨克雷曾经把兰姆的信放在额头上，称他为"圣查尔斯"。的确，在所有逝去的人当中（我想到什么就说什么了），兰姆是最接地气的一位了。当你面对他时，你会愿意向他请教："你是如何写出那些文章的？"我认为，即便是与马克斯·比尔博姆相比，他的文章也要更胜一筹，虽然二者的文章都很完美，不过，不羁的想象和乍现的灵光虽然不能让兰姆的文章尽善尽美，却能以诗意取胜。大概是一百年前，兰姆来到了牛桥大学。当然，他写了一篇文章，我不记得名字了，内容是关于他在这里见到的一份弥尔顿的诗歌手稿，可能是《利西达斯》的手稿。兰姆写道，想到《利西达斯》里面每一个词都可能不是现在这样，他震惊无比。想到弥尔顿可能改换了诗里的用词，他就觉得这是一种亵渎。这让我不禁尽力回想《利西达斯》,自娱自乐地猜想弥尔顿可能会改动哪个词,又是为什么改动的。我突然意识到,兰姆看到的这份手稿不过离我几百米远,我可以跟随他的脚步,穿过四方庭院,去往珍藏手稿的那个著名的图书馆。去图书馆的路上,我又想起,萨克雷的《亨利·艾斯芒德》手稿也珍藏在这个图书馆。评论家们常说,《亨利·艾斯芒德》是萨克雷最完美的小说。但据我的记忆,这部小说的风格之做作,以及对十八世纪写作的模仿,让这个评价有些言过其实,除非萨克雷确实自然地写出了十八世纪的写作风格——可以通过查看手稿,看看其中的改动是为了完善风格,还是为了完善本意,来证明这一事实。但这样一来,就必须先确定什么是风格、什么是意义,这个问题——但实际上,我就在图书馆门前了。我一定是已经打开了图书馆的门,因为门前赫然立着一位银发苍苍的和善的绅士,他就像一位守护天使,不过不是用洁白的翅膀,而是用黑色的长袍拦住了我。他不以为意地挥手,并低声向我表示遗憾,说女士只有在学院研究员的陪同下或者提供介绍信的情况下才能进入图书馆。

　　一个女人的咒骂对一座著名的图书馆来说如同蚍蜉撼树。它静谧而庄严，将所有的珍宝安全地锁在怀中，扬扬自得地沉睡着，对我而言，它会永远如此沉睡下去。我气愤地走下台阶，发誓再也不会来此叨扰，再也不会请求它的殷勤接待。但是，距午餐时间还有一小时，我应该做些什么呢？去草地散步？去河边坐坐？这确实是一个美好的秋日早晨，树叶向地面飘洒下红色，做这两件事都没有太大困难。但这时，耳边传来了音乐声，听起来是在举办某种仪式或庆典活动。当我走过教堂的大门时，管风琴发出了壮丽的哀怨。哀伤的乐曲，在这宁静的氛围的烘托下，甚至比哀伤本身更像是对哀伤的回忆，就连这古老管风琴的呻吟声似乎也被这宁静拍抚着。即使我有权利进去，我也不想去了，因为这次可能又会被座堂牧师拦下，可能会要求我出示受洗证明或主教的介绍信。反正这些宏伟的建筑，内部通常和外部一样美丽。此外，只是看着会众进进出出，像聚集在蜂箱口的蜜蜂一样在教堂门口忙忙碌碌，就够有意思了。许多人都戴着帽子穿着长袍,有些人肩上有一簇毛,有人坐在轮椅上,还有些人虽不过中年,身形却怪异得很,似乎被揉皱压垮了一样,让人想起那些在水族箱里的沙子上艰难挣扎的巨蟹和龙虾。当我靠在墙上时,发现大学校园看起来确实像是一个庇护所,保护着这些罕见类型的人,如果他们被丢在斯特兰德大街上自谋生路,很快就会被淘汰。

关于老院长和老教师的一些老故事浮现在我的脑海,据说老教授一听到口哨声就会跑得飞快,但还没等我鼓起勇气吹口哨,德高望重的会众就已经进入教堂。小教堂外表依然如故,正如你熟知的那样,高高的穹顶和小尖顶会在夜间点亮,几英里之外都能看到,光芒会远远地穿过山丘,就像一艘永远航行着、驶不到终点的帆船。据推测,这个铺着光滑草坪的四方庭院、这个巨大的建筑和小教堂,曾经是一片沼泽地,荒草飘摇,猪猡刨食。我想,一定是一队又一队牛马从遥远的国家拉来了一车车石料,在我驻足的这片阴影里,人们用无限的劳动,把这些灰色的石头一块又一块地码放垒砌。然后油漆工们拿着玻璃来安装窗户，泥瓦匠们带着油灰、水泥、铲子和泥刀，在那屋顶上忙碌了几个世纪。每个星期六，都一定有人把皮包里的金银倒到那些古老工匠的手上，让他们换来一晚的吃喝玩乐。我想，一定是有源源不断的金银流入这个院子，石料才能源源不断地运来，泥瓦匠们也才能不停地工作，平整地面、挖沟、掘地和排水。但当时是信仰的时代，人们慷慨地投入大量金钱，将这些石头建立到坚实的地基上，当建筑拔地而起后，仍然有更多的金钱从国王、王后和贵族们的金库里涌出，以确保这里能够咏唱圣歌、传道授业。他们分配土地，征收什一税。当信仰的时代过去，理性的时代到来，金银却仍然源源不断，用以设立研究金，资助讲师职位。与过去不同，如今真金白银虽仍然在滚滚流动，却不是来自国王的金库，而是来自批发商和制造商的钱箱和那些从工业中赚得盆满钵满的人的钱包。这些人在他们的遗嘱中慷慨地归还了一大笔钱，以便给传授他们技艺的大学资助更多的椅子、讲师和奖学金。因此，几个世纪前荒草飘摇、猪猡刨食之处，现在矗立着图书馆、实验室和天文台，还有那些摆在玻璃架子上的、由昂贵且精致的仪器组成的华丽设备。当然了,当我在庭院里漫步时,脚下由金银浇筑的地基似乎足够深,路面坚实地覆盖住了荒草。头上顶着盘子的人们在楼梯间忙来忙去。窗台上的花盆里盛开着俗艳的花,屋子里传来留声机发出的刺耳声音。这让人不得不去反思——无论是反思什么,都被打断了。钟声敲响,是时候去吃午饭了。

一个奇怪的事实是,小说家有一种方法,让我们相信午餐总是会因为一些连珠妙语和明智之举而令人难忘,他们对吃的东西却几乎只字不提。这是小说家的惯例之一,不去提汤、鲑鱼和鸭肉,仿佛这些食物根本不重要,仿佛从来没有人喝过酒、抽过雪茄一样。然而现在,我要冒昧挑战这一惯例,让你知道,这次的午餐会是以鳎目鱼开始的,学校的厨师将它盛放在一个深盘子里,并在上面抹了一层雪白的奶油,上面零星露出褐色的鱼身,像是母鹿侧身的斑点。接下来是山鹑,如果你以为这只是几只装在盘子里的光秃秃的棕色小鸟,那就误会大了。这道菜量很大,而且配备了各种各样的酱料和沙拉,酱料有辣的、甜的，都被按顺序整齐码放着，配菜里的土豆片薄如硬币，但没那么硬；菜心的叶片层层包裹着，就像玫瑰花蕾，但要更多汁美味。这道菜刚吃完，静候在一旁的侍者（也许就是之前那位学监，只不过神态更加温和了）就端上了甜点，甜点的周围一圈用餐巾装饰，糖果的甜味如波浪扑鼻而来。如果称它为布丁，把它归入大米和木薯淀粉制品之流，那将是一种侮辱。与此同时，酒杯也都泛着或红或黄的颜色，被不断地喝完又倒满。由此，在脊椎的中间以下、灵魂所在之处，被渐渐点亮了，不是那种生硬刺眼的电光——那种光只在我们谈吐时迸发，而是一种更深邃、微妙、隐晦的光，是理性的交互产生的饱满的黄色火焰。不必着急，不必耀眼，不必成为别人，做自己就好。我们都会去天堂，凡·戴克会与我们做伴——换言之，生活看起来多么美好，它的回报是多么喜人，这些怨怼和委屈是多么微不足道，友谊和同类的陪伴是多么可敬，一如点燃一支好烟，一个人陷入窗边座位的垫子里。

如果运气好，手边刚好有一个烟灰缸，如果没人逾矩地将烟灰弹到窗外,如果情况与现实稍有不同,人们想必就不会看到一只没有尾巴的猫。这只意外出现的、残缺的小动物正蹑手蹑脚地穿过庭院,此番景象偶然地唤起了我潜意识的理智,取代了感性之光,就像有人投下了一道阴影,也许是那上好的莱茵白葡萄酒的酒力正在消退。当然,当我注视着曼岛猫在草坪中停下脚步,仿佛它也在质疑宇宙时,我感觉似乎有什么缺失了,有什么不同了。但是什么缺失了,什么不同了?我一边聆听着大家的对话,一边问自己。为了回答这个问题,我必须让自己离开这个房间,回到过去,回到战争之前,然后在眼前模拟另外一个午餐会的情景,那里距此并不是很远,却与此处截然不同,一切都不同。与此同时,交谈仍在继续,众多宾客有男有女,都很年轻,他们的交谈很顺利、愉快、自由且有趣。我将这场交谈平移到另外一个场景当中。当把两者结合到一起时,我毫不怀疑,其中一个就是另一个的后代,是它的合法继承人。没有什么不同的,只是在此处,我聚精会神倾听的不完全是人们所说的话,还有那些话语背后的低吟或哼鸣。是的,就是这样——变化就在于此。战争之前，人们在这种午餐会上所说的话完全相同，但听起来会有所不同，因为在那些日子里，人们的交谈伴随着一种嗡嗡声，含混不清，却很悦耳，令人振奋，甚至改变了话语本身的价值。有人能把那种声音化作文字吗？在诗人的帮助下或许可以。我身边有一本书，随手一翻便翻到了丁尼生。于是我在这里听到了丁尼生的吟唱：

> 落下一滴璀璨的泪
> 自门前的西番莲。
> 她来了，我的白鸽，我的宝贝；
> 她来了，我的生命，我的天缘；
> 红玫瑰呼唤，"她近了，她不远"；
> 白玫瑰哭泣，"她姗姗来晚"；
> 飞燕草侧耳，"我听见了，我听见"；
> "我在等待"，百合花耳边低喃。

这是战前午餐会上男人们哼唱的吗？那女人呢？

> 我的心像一只歌唱的鸟，
> 在水畔的新枝上筑巢；
> 我的心像一棵苹果树，
> 累累硕果压弯了枝条；
> 我的心像一片彩虹贝壳，
> 在宁静的大海中荡摇；
> 我的心比这一切更欢喜，
> 因为爱人就要到我怀抱。

这是女人们哼唱的吗？

想到战前时期的午餐会上人们就哼唱着这样的东西，简直太荒谬了，我忍不住放声大笑。为了解释我的大笑，我只能指向草坪上的那只曼岛猫，这个可怜的家伙没了尾巴，看起来确实很荒谬。它是确实天生如此，还是在某次事故中失去了尾巴呢？听说曼岛上的确有一些无尾猫，但比人们想象的要更加罕见。这是一种奇怪的动物，新奇但算不上美丽。真奇怪，仅仅一条尾巴就能造成这么大的不同——你知道的，午餐会结束后，人们纷纷起身去拿外套和帽子时，总是会说出这样的话。

　　多亏了主人的盛情款待,这场午餐会一直持续到下午。这美好的十月里的日子正在流逝,当我穿过林荫大道时,叶子纷纷落下。一扇又一扇门似乎在我身后轻轻关上了。无数学监将无数钥匙插进上了油的锁孔,这座宝库又被保护了一夜。穿过林荫大道,出现了一条我记不清名字的小路,沿着这条路走,如果没有拐错弯的话,就能到达芬汉姆学院。时间还很充足,晚餐要七点半才开始。这样一顿丰盛的午餐后,晚餐几乎可以不吃了。奇怪的是,那一小段诗却驱使着我的大脑,驱动我的双腿穿越时间,沿路走去。那些诗句——

　　落下一滴璀璨的泪
　　自门前的西番莲。
　　她来了,我的白鸽,我的宝贝——

　　当我快步走向海丁利时,诗歌在我的血液中吟唱。然后,又切换到另一种方式,在这个水流冲击堤

堰、翻腾涌动之地,我开口吟唱:

> 我的心像一只歌唱的鸟,
> 在水畔的新枝上筑巢;
> 我的心像一棵苹果树……

多么伟大的诗人,我像人们在黄昏时经常做的那样放声呼喊,多么伟大的诗人啊!

在某种嫉妒的驱使下,我作了一个比较,尽管有些愚蠢和荒谬,但我还是想看看在我们这个时代能否找出两位像丁尼生和克里斯蒂娜·罗塞蒂那样伟大的诗人。我凝视着冒泡的水面思考着,显然这种比较是不可能的。诗歌之所以能够让人如此如痴如醉、欣喜若狂,正是因为它歌颂了一些人们过去曾有的感受(也许在战前的午餐会上正是如此),因此人们可以轻车熟路地做出反应,而不需要再费神去揣度这些感受,也无须将其与当下的何种感受进行对照。而当代诗人所表达的情感是在当下正在产生、从我们身上撕扯下来的东西。人们一开始认不出它,通常出于某些原因害怕它,人们敏锐地观察它,并怀着嫉妒和疑心将它与人们所熟知的过去的感受进行对比。因此,现代诗歌有其难点,正是由于这种难点,人们无法记住任何一位优秀现代诗人的连续两行以上的诗句。也正是这个原因——我也记不住——刚刚脑海中的那场比较与争论由于缺乏素材而被暂时搁置了。但是为什么我们的午餐会上不再有人低声哼唱了?我继续向海丁利走去,心中思忖着,阿尔弗雷德为什么不再唱:

她来了,我的白鸽,我的宝贝——

克里斯蒂娜为什么不再唱:

我的心比这一切更欢喜,
因为爱人就要到我怀抱。

我们应该怪罪战争吗?一九一四年八月,枪声响起的那一刻,男人和女人们的神情在彼此的眼中是如此平淡,是浪漫被射杀了吗?当然,在炮火的映照之下看见我们统治者嘴脸的人,神情是震惊无比的(尤其是那些对教育和其他等方面抱有幻想的女性)。他们看起来丑陋至极、愚蠢至极——无论是德国人、英国人,还是法国人。但是,无论怪罪于哪里、怪罪于谁,那些激发丁尼生和罗塞蒂歌颂他们即将到来的美好爱情的幻觉,也远比过去更加稀罕了。现在我们只能去读、去看、去听、去回忆。但是,为什么要说"怪罪"呢?如果那不过是一种幻觉,那我们为何不赞美灾难呢?因为不管是什么样的灾难,它都击碎了幻觉,让真相得以显露。而说到真相……我光顾着寻找真相了,错过了去芬汉姆的路口。我问自己,到底哪些是真相、哪些是幻觉?比如这些房子,此刻房子的红色窗户在暮色的笼罩下显得朦胧而又喜庆。但早上九点时,房子周围散落着糖果和鞋带,显得如此脏乱、破败,那么它们的真相是什么呢?再比如那些柳树、河流和河边的花园,此时在薄雾中若隐若现,但在阳光的照耀下,却会呈现出金黄和红色,哪一种是真相,哪一种是幻觉呢?此处我省略自己思考的曲折过程,因为在去海丁利的路上我并没有找到任何结论,请你当作我很快就发现自己拐错了弯,然后原路折返回芬汉姆了吧。

如我之前所说的,这是十月里的一天,我不敢改变季节,去描绘从花园墙头垂下的丁香、番红花、郁金香等其他春天的花朵,因为这样会失去你的尊重,也会坏了小说的名声。小说必须遵循现实,细节越真实,小说越优秀——我们听说的就是如此。因此,这天仍是秋天的一天,树上仍有黄叶飘落,如果说哪里有变化,那就是飘落的速度比之前快了点,因为夜幕已降临(确切地说是傍晚七点二十三分),微风吹起(确切地说是西南风)。但是,这一切中还是有一些不寻常的东西在起效:

> 我的心像一只歌唱的鸟,
> 在水畔的新枝上筑巢;
> 我的心像一棵苹果树,
> 累累硕果压弯了枝条……

或许是克里斯蒂娜·罗塞蒂的诗句在某种程度

上诠释了这种幻想的愚蠢——当然，这只是一场幻想——丁香花在花园的墙头摇晃，钩粉蝶轻盈地飞舞着，空气中弥漫着花粉。风吹来，不知从哪个方向吹来，掀起还未成熟的叶子，让空气中闪动出银灰色的光亮。这是光与影的交汇时刻，万物仿佛蒙上了一层色彩馥郁的滤镜，窗格上燃起了金色和紫色，仿佛一颗激动跳跃的心脏，这是世界出于某些原因将其美丽尽显的时刻，却转瞬即逝（此时我推开门走进了花园，出于一些疏忽，门是开着的，周围似乎也没有学监）。这转瞬即逝的世界之美就像一把双刃剑，一面是欢笑，一面是痛苦，把我的心一分为二。在春天的暮色中，芬汉姆花园就安睡在我眼前，狂野奔放、自然开阔、芳草萋萋，水仙花和风铃草星罗棋布，花茎随着风的吹拂而摇摆，也许这样纷乱无序的时候，正是最好的时候。建筑物的窗户是弧形的，像红砖巨浪里的舷窗，随着春日的云掠过，窗户的颜色从柠檬色变成银色。有人躺在吊床上，还有人快速从草地上跑过，不过在这种光线下，那个身影就像一个幻影，我只能半看半猜——没有人去拦住她吗？然后，一个佝偻的身影出现在露台上,好像突然冒出来呼吸空气一样,瞥了一眼花园,她的额头宽大,衣衫褴褛,谦逊而又令人肃然起敬——难道是那位著名的学者,J——H——本人吗?这一切都很朦胧,却又很强烈,仿佛黄昏在花园丢下了一条围巾,星光或利剑又把它划得粉碎——某种可怕的现实的切口从春天的心脏里跃出。因为青春——

我的汤上来了,晚餐选在一家大餐厅。实际上这是一个十月的夜晚,离春天还远着呢。所有人都集合在了这个大餐厅里,晚餐已准备妥当。汤已经上来了,这是一碗普通的肉汤,没有什么能激起想象力的东西。如果盘身有图案,人们可以透过这透明的液体看到,但是盘子很朴素,上面没有图案。下一道菜是牛肉配青菜和土豆——一道家常的三拼,让人想起泥泞的市场里的牛臀肉、边缘卷曲发黄的菜叶、市场上的讨价还价,还有星期一早上拎着编织袋的女人。看到菜的分量很足,想到煤矿工人们肯定要吃得更少,我们没有理由抱怨这些老百姓的日常食物。接下来是梅干和奶油冻。如果有人抱怨梅干即使在奶油冻的加持下也是难以上桌的蔬菜（它们算不上水果），它们像守财奴的心脏一样枯瘦干瘪，流出的汁液也像守财奴血管里流动的那种液体——他吝啬于喝葡萄酒、穿暖和的衣裳，八十年来从未给穷人施舍，那么他们应该反思一下，对有些人来说，梅干都算是一种救济。随后上来的是饼干和奶酪，人们把水壶递来递去，因为饼干本来就是干巴巴的，而这些更是干到家了。所有的菜都上完了。晚餐结束。所有人都把椅子向后蹭，旋转门猛烈地开开关关。很快，大厅里就不见了任何食物的痕迹，无疑是为第二天的早餐做好准备了。英国年轻人唱着歌，吵吵闹闹地经过过道和楼梯。作为一名客人、一个陌生人（我在芬汉姆和在三一学院、索默维尔学院、格顿学院、纽汉姆学院或克赖斯特彻奇学院一样没有什么权利），我不能说"晚餐不好吃"，或者说："我们难道不应该单独来这里吃吗？"（我现在正和玛丽·塞顿坐在她家客厅里）因为如果我这样说的话，就等于在窥探和打听一个家庭的隐私——在外人面前伪装得乐观且体面的经济状况。不行，任何人都不能这样说。因此我们的谈话也确实一度中断。人的结构就是这样，由身体、心脏和大脑三个部分共同组成，不能独立存在，再过一百万年也必然如此。因此，一顿丰盛的饭菜对于一场优质交流的重要性不言而喻。如果一个人没有吃好，那他就不能好好思考、好好去爱、好好睡觉。牛肉和梅干并不能点亮我们脊椎下面的灵魂之光。我们都有可能去天堂，我们希望，凡·戴克能在下个路口与我们相见——这就是结束了一天的工作后，在牛肉和梅干之间滋生的一种差强人意的心理状态。所幸，我的科学教师朋友家里有个橱柜，里面放着一个大酒瓶和几只小酒杯（不过，还少些鳎目鱼或山鹑之类的下酒菜）——这样我们就可以坐在炉火旁，疗愈一天的生活后积累的一些伤口。不一会儿，我们就畅所欲言了，之前在孤单一人的时候，我们脑海中就冒出过许多令人好奇的话题，现在有人聊了，自然会将这些话题拿出来讨论——为何有人结婚了，有人却没结婚；有人这样想，有人那样想；有人在学识上与日俱增，有人却令人难以置信地落魄了——带着对人性以及对我们所生活的这个奇妙世界的种种思索，大千世界不也正是在这样的思索中自然诞生的嘛。然而,就在谈话当中,我羞愧地意识到,我只是任由话题自生自灭了。我们可能谈论的是西班牙或葡萄牙、一本书或者一场赛马,但无论聊什么,我真正的兴趣都不是这些,而是大约五个世纪以前泥瓦匠们在高高的屋顶上忙碌的场景。国王和贵族们将大麻袋装着的财宝倒入地底。这一幕在我脑海中栩栩如生,挥之不去,与之并肩的是这样一幅场景:一头精瘦的奶牛、泥泞的市场、枯萎的青菜、老人干瘪的心脏。这两幅画面没有章法又毫无关联,荒诞离谱,却总是形影不离地出现,彼此缠斗,我只能任由它们摆布。为了避免我们的谈话被曲解,最好的方法就是把我脑子里的东西吐露出来。运气好的话,它们就会像被埋在温莎古堡下的老国王的头一样烟消云散。于是我简要地向玛丽·塞顿诉说了脑海中的杂念,那些年来一直在小教堂屋顶上忙碌的泥瓦匠们,以及那些把一袋袋金银一铲一铲地埋到地下的国王、王后和贵族,然后,我们这个时代的金融巨头们又在曾埋下金银的地方开出大把的支票和债券。"所有这些财富都在这所大学下面,"我说,"但是,我们所在的这所学校、这些雄伟的红砖和花园里蓬乱的野草下面隐藏着什么呢?我们吃饭时用的简陋的瓷盘背后,以及(这里我没控制住,脱口而出了)那些牛肉、奶油冻和梅干背后又隐藏着什么样的力量呢?"

"好吧,"玛丽·塞顿说,"大约在一八六〇年——哦,但你知道这个故事……"我觉得她已经厌倦于重复讲述这些事了,她告诉我,学校先是租了房子,召开了委员会,寄出了信件,起草了公告,举办了会议,宣读了来信,某某承诺要捐赠多少多少钱,相反,也有某某先生一分钱也不肯出的。《星期六评论》出言不逊。我们该怎么筹集资金来付办公室的租金呢?我们要不要办一场义卖会?我们不能找个漂亮姑娘来撑门面吗?我们看看约翰·斯图亚特·米尔对此有何高见。谁能说服某某报的编辑刊登一封信?是否可以请某某女士签名支持?但某某女士不在城里。总之,大约六十年前,他们差不多就是这么干的,这是一个大工程,人们投入了大量的时间。在长期的艰苦奋斗、克服重重困难之后,他们才筹集到三万英镑。"很明显,我们还负担不起葡萄酒、山鹑和头顶着锡制盘子的仆人。"她说,"我们也没有沙发和单独的房间,这些福利——"她引用了某本书上的话说,"我们只能等待。"

一想到女人们年复一年地工作也难以攒下两千英镑,而她们就算使出浑身解数也只能筹到三万英镑,我们不禁对女性们应受谴责的贫穷爆发出轻蔑。我们的母亲没给我们留下财产,她们都干吗去了?忙着搽脂抹粉吗?忙着逛商店吗?忙着在蒙特卡洛的阳光下卖弄姿色吗?壁炉台上有一些照片。玛丽的母亲——如果照片里是她的话——可能在空闲时间是个挥霍浪荡的人(她有十三个孩子,是和一位教堂牧师生的),但如果是这样的话,她那挥霍浪荡的生活在她脸上留下的快乐痕迹也太少了。她长得很普通,就是一个系着大格子围巾的老妇人,别了一枚大胸针。她坐在一把藤椅上,哄着一只西班牙猎犬看向镜头,带着一种既愉快又紧张的表情,好像确信在按下快门的瞬间,狗一定会不配合地动起来。如果她当初去经商,经营一家人造丝厂,或者成为一位证券大亨，如果她能为芬汉姆学院留下二三十万英镑，那么我们今晚就可以安心地坐在这里，谈论的话题可能是考古学、植物学、人类学、物理、原子性质、数学、天文学、相对论和地理学。如果这位塞顿夫人、她的母亲和她母亲的母亲，能学会赚钱这门伟大的艺术，并像她们的父辈们一样，把钱留给自己同性别的人们，用来资助女性的研究员和讲师职位，设立奖金和奖学金，那么我们今晚可能就可以在这里单独享用一只珍禽和一瓶美酒了，我们可以满怀信心地期待在一个慷慨的职业的庇护下度过愉快而光荣的一生。我们可以从事研究，写作，畅游古迹，坐在帕特农神庙的台阶上沉思。我们可以早上十点去办公室，下午四点半舒服地回到家里写一首小诗。

只是，如果塞顿夫人这类人在十五岁时就开始经商的话，那么这场讨论就会出现一个问题——玛丽就不会出生了。我问玛丽对此是怎么想的。窗帘之间是十月的夜晚，宁静迷人，树木泛黄的枝叶间镶嵌着一两颗星星。她准备放弃她的那份财产，放弃她在苏格兰玩游戏、吵吵闹闹的记忆吗？（因为她们家虽然人多,却很幸福)她总是不厌其烦地称赞那里的空气清新,糕点质量上乘。但如果芬汉姆学院可以一挥而就地获得五万英镑的资助,她愿意舍弃这一切吗?因为,若要资助学校,就必然顾不上家庭。挣大钱的同时养育十三个孩子是没人做得到的。我们考虑一下事实吧。首先,孩子出生前需要怀胎九个月。孩子出生后,哺乳期又需要三到四个月。把孩子喂大后,你不能让孩子在街上乱跑,肯定还要花五年时间去带孩子。有人去俄罗斯看过孩子们在街上疯跑的景象,都说那画面可令人愉快不起来。据说,人的性格就是在一到五岁之间形成的。我问道,如果塞顿夫人一直忙着经商赚钱,你会对那些游戏和吵吵闹闹留下怎样的记忆呢?你又会对苏格兰、那里的空气、蛋糕和其他的一切有多少了解呢?但是问这些都是徒劳的,因为你根本就不会存在。此外,如果我问塞顿夫人、她的妈妈和她妈妈的妈妈积累了大量的财富,并将其用于大学和图书馆的建立,在此基础上情况会是怎么样的,这同样是徒劳的。因为首先,她们就不可能赚到钱;其次,就算她们能赚到钱,法律也剥夺了她们持有财产的权利。仅是在过去的四十八年里，塞顿太太才有了属于自己的一分一毫。在之前的几个世纪里，这些一直都是她丈夫的财产——可能正是这种观念使得塞顿夫人和她的妈妈对证券交易所始终敬而远之。她可能会这样想：我挣的每一分钱都会被拿走，并交由我丈夫智慧的大脑去处置——不管是设立奖学金，还是资助贝利尔学院或国王学院的研究员职位。所以，即使我能赚到钱，纯粹地赚钱也不是我感兴趣的事。我最好还是让丈夫去做吧。

无论如何，无论责任在不在那个看着西班牙猎犬的老妇人身上，毫无疑问的是，出于某种原因，我们的母亲对自己的事情处理得非常糟糕。她们拿不出一分钱来享受"福利"——山鹑和葡萄酒、学监和草地、书籍和雪茄、图书馆和休闲娱乐。从荒芜之地建起光秃秃的院墙，她们已经尽了最大努力。

我们站在窗前交谈，像千千万万人每晚做的那样，俯瞰着我们脚下这座名都的穹顶和塔楼。在秋日的月光下，这座城市格外美丽、神秘。古老的石块洁白而庄严。人们会想到那里的藏书，挂在镶板房间里的老教士和名人的画像，漆窗在步道上投下奇妙的球形和月牙形光影，石碑、纪念碑和上面的铭文，喷泉和草地，透过静谧庭院望见的静谧房间。我还想到（请原谅我的想法）醉人的烟酒、深扶手椅和宜人的地毯——这些奢华、私密和宽敞衍生出的文雅、亲善与尊严。毫无疑问，我们的母亲没有给予我们任何能与之媲美的东西——她们发现三万英镑很难凑，她们为圣安德鲁斯的牧师生育十三个孩子。

我回到下榻的小旅馆，一边穿过漆黑的街道，一边左思右想，像结束了一天工作的人那样。我思考为什么塞顿夫人没给女儿留下钱财，贫穷对心灵有什么影响，财富又对心灵有什么影响；我想到了今天早上见到的那个肩上披着皮草的古怪老绅士，还想起他们听到有人吹口哨会拔腿就跑；我想到小教堂的风琴声和图书馆紧闭的大门；我想到被拒之门外的感觉有多么不爽，但转念一想，也许被关在里面更糟糕；我想到一个性别的安稳与繁荣，和另一个性别的贫苦和不安；我还想到传统和缺乏传统对作家思想的影响。

最后，我想到，是时候卷起这一天的皱皱巴巴的皮肤，卷起所有的争论、印象、愤怒和欢笑，把它卷成一团扔进树篱里了。千万颗星星在蓝色的天空中闪烁。我似乎独自面对着一个神秘莫测的世界。所有人都已经入睡——俯卧，平躺，沉默。牛桥的街道上似乎没有一个人发出动静。旅馆的门突然打开了，仿佛有一只看不见的手把它推开——没有仆人来为我点灯，带我回房间睡觉，夜色太深了。

二

如果你还在的话,请继续随我来吧,现在场景变了。时间仍是落叶的季节,但地点从牛桥变成了伦敦。我得让你想象一间房间,与其他千千万万的房间并无二致,透过窗户可以看到人们的帽子、货车和汽车,还能看到其他的窗户。房间的桌子上面放着一张白纸,上面写着大大的"女性与小说",没别的了。在牛桥用完午餐和晚餐的必然后续,很遗憾,似乎是参观大英博物馆。我们必须将所有这些印象中的个人偏见和偶然因素排除在外,从而获得纯净的液体——真理的精华。我的牛桥之行和那里的午餐与晚餐,引发了一系列的问题。为什么男人喝酒,而女

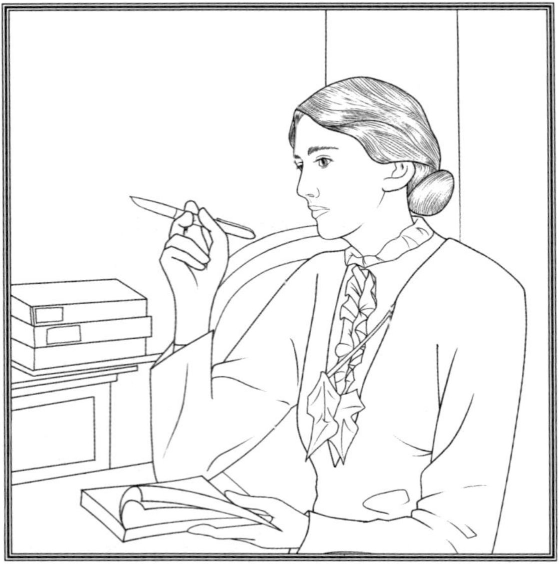

人喝水？为什么一个性别如此富有，而另一个性别却如此贫穷？贫困对小说创作会产生什么影响？艺术作品的创作需要哪些条件？……上千个问题一下子涌上心头。但我们需要的不是问题，而是答案。而答案只能向那些有学识且没有偏见的人请教，他们已经从口舌之争和肉体的束缚中摆脱出来，并把自己的推理和研究成果著成书籍，保存在大英博物馆里了。我拿着铅笔和笔记本，问自己，如果在大英博物馆的书架上都找不到真理，那么真理还能在哪里呢？

我做了充分的准备，满怀着信心和求知欲，踏上寻找真理的旅程。虽然这天没有下雨，但天色阴沉，博物馆周边的街道上到处都是大开着的煤洞，装满煤炭的麻袋被倾倒而下；四轮马车停在路边，把一个个被绳索捆住的箱子卸在人行道上，这些大概是某个来自瑞典或意大利的移民家庭的全部家当，为了寻求财富或庇护，或是出于一些其他想法，他们在这个冬季来到布鲁姆斯伯里的寄宿公寓里栖身。总会有声音沙哑的小贩沿街叫卖，卖的是手推车上装着的植物。有人是吃喝的，有人是唱的。伦敦就像一个工厂，就像一台织布机。每个人都像梭子上的纱线一样前前后后，在白色底布上织出一些图案。大英博物馆是这个工厂的另一个部门。我推开旋转门，那巨大的穹顶映入眼帘，它像一个巨大的光头，被众多鼎鼎大名辉煌地环绕，人站在下面就仿佛化身为其中的一个思想。我走向借阅台，拿了一张纸卡，打开目录·····这五个点代表了我五分钟的震惊、好奇和困惑。你知道一年之内，有多少关于女性的书籍出版吗？你知道其中有多少是男性写的吗？你知道你可能是宇宙中被讨论得最多的动物吗？我带着笔记本和铅笔来到这里，打算花一个上午阅读书籍，想象着上午结束，我就会把真理记录在笔记本上。但我想我应该变成一群大象、遍野的蜘蛛，变成那些公认的寿命最长、眼睛最多的动物，才能应对眼前这一切。我甚至需要钢爪和铜喙才能穿透真理的外壳。这里书卷浩如沧海，我该怎么才能从中掬取真理之一粟呢？我绝望地问自己，上下扫视着那长长的书名列表。即使是书名都让我不禁深思。性别及其本质或许会吸引医生和生物学家的兴趣，但令人惊讶且难以解释的是，性别话题——也就是女性的话题——也吸引了那些受人喜爱的散文作家、巧妙的小说家、获得文学硕士学位的年轻男人、没有学位的男人，以及除了性别为男没有其他显著特征的人。这些书有的轻浅、俗套，但也有很多严肃、有远见的，充满了教诲和劝导。仅仅是阅读这些书名，我脑海中就浮现出无数的老师和牧师登上讲坛或讲道坛的场景，他们演讲起来口若悬河，对这一主题的探讨远超出正常该有的时间。我还发现了一种相当奇怪的现象，也是显而易见的——我查阅了以"M"开头的书籍——作者全都是男性。女性不会写关于男性的书——我不禁为此松了一口气，否则我得先读完男性写的关于女性的书籍，再去阅读女性写的关于男性的书籍，这样的话，在我下笔之前，那百年一开花的龙舌兰都要绽放两次了。于是，我随便挑了十几本书，把我的纸卡放在金属网托盘上，和其他同样追求真理的人一起坐在座位上等待。

我刚刚发现的那种奇怪的差异是由什么造成的呢？我一边想着，一边在纸卡上随手画着圈圈，尽管英国纳税人提供的这些纸卡不是用来给我画画的。为什么从这个目录上看来,男性对女性的兴趣,要比女性对男性的兴趣大得多呢?这个事实太匪夷所思了,我的思绪飘忽,浮想着那些花时间研究女性并著书的男人。他们是怎样的人,是年轻或年长、已婚或未婚、红鼻子或驼背——不管怎样,能受到如此关注,我还是隐约感到有些受宠若惊的,只要关注的人别都是老弱病残就好——我沉浸在这轻浮的思绪中,直到一大堆书像雪崩一样堆到我面前的桌子上。现在,麻烦来了。一名在牛桥大学接受过研究训练的学生,无疑会有一些引导问题的方法,使得他们的问题避开所有干扰,直到像把羊赶进羊圈一样,让问题直冲答案。像坐在我旁边的那个学生,他正在认真地摘誊一本科学手册,我肯定他就有这种能力。他差不多每十分钟就能从原石中提炼出一块纯净的金子。从他那心满意足的低喃声中就足以听出了。但不幸的是,如果是未接受过大学教育的人,他的问题非但不会被赶进圈栏里,还会像被一群猎狗追赶的受惊羊群,四处逃窜。教授、老师、社会学家、牧师、小说家、散文家、记者和那些除了性别为男没有任何其他特质的人,都在追赶着我那一个简单的小疑问——为什么有些女性贫穷?——直到我的问题裂变成五十个问题,直到这五十个问题疯狂地跳进激流被水冲走。我的笔记本上写得满满当当。为了展现我当时的心境,我来读一篇给你听。这页笔记的标题很简单,是大写的"女性与贫穷",但接下来的内容却是这样的:

  中世纪的状况

  斐济群岛的习俗

  被尊为女神

  道德意识更为薄弱

  理想主义

  责任心更强

  南太平洋诸岛,青春期

  吸引力

  被献祭

  脑容量更小

潜意识更深

体毛更少

精神、道德和生理上的劣等

喜爱儿童

寿命更长

肌肉更弱

爱情的力量

虚荣

高等教育

莎士比亚的观点

伯肯黑德勋爵的观点

英奇主教的观点

拉布吕耶尔的观点

约翰逊博士的观点

奥斯卡·布朗宁先生的观点……

记到这里，我深吸一口气，在这页边上的空白处补充道："为什么塞缪尔·巴特勒说，'聪明的男人从不说他们对女人的看法'？"显然，聪明的男人净说这个了。我靠在椅背上,仰望着巨大的穹顶,我本是一个独立的思想,但是现在,在这穹顶之下多少受到侵扰了。真是不幸,聪明的男人对女性的看法千差万别。蒲柏认为:

大多数女人没有个性。

拉布吕耶尔认为:

女人很极端,要么比男人好,要么比男人坏。

同时代的两个敏锐观察者对女性的看法却矛盾相向。女性是否够格接受教育?拿破仑认为否,而约翰逊博士认为正相反。女性是否有灵魂?有些野蛮人认为没有,相反,有些则认为女性是一种半人半神的性别,并因此崇拜她们。有些圣人认为女性的头脑较为肤浅,有些则认为女性的意识更加深邃。歌德向女性致敬,墨索里尼则鄙视女性。无论怎么看,男人对女性的看法都千差万别。这个问题根本就不可能弄清。

我羡慕地瞥了一眼旁边的那位学生，他正写着整洁的笔记，每条都标着A、B、C，而我的笔记本则杂乱无章，记录着充满矛盾的观点。真让我感到苦恼、迷茫、丢人。真理已从我指间溜走了，一滴都没有留下。

我不能就这样回家。我想，我不能就把笔记上的这些东西当作研究女性与小说问题的重大发现，像女人的体毛比男人的更少，或者南太平洋诸岛女性的青春期年龄在九岁——还是九十岁？——我的笔迹都乱到看不清了。在忙活了一上午之后，我没有任何拿得出手的更有价值、更体面的成果，真丢人。如果我连W（简洁起见，我这样称女性）过去的真相都弄不清，又为什么要为W的未来担忧呢？尽管那些绅士对女性及女性对各个方面的影响——政治、儿童、薪资、道德等方面——进行过专门研究，尽管他们才高八斗、学富五车，但是向他们求助似乎纯粹是浪费时间，我还不如不看他们的书呢。

我无精打采、绝望，一边琢磨着，一边不知不觉地在笔记上画起了画，我本应该像旁边那位一样在上面记下结论的。我画的是一张脸，一个身形。是冯·×教授，他正一丝不苟地写着自己的不朽名作，题为"女性在智力、道德和生理上的劣等论"。我画出的他不招女人喜欢——膀大腰圆，下巴宽大，刚好平衡他的小眼睛，脸色通红。他的表情表明他正处于某种强烈的情绪之下，以至于他把笔戳在稿纸上，好像要戳死某种害虫，但即使是害虫死了，也不能让他满意，他非得继续戳杀，就算是这样，也不能平息他的怒火。看着自己的画，我开始想：可能是因为他的妻子吗？她爱上了一个骑兵军官？一位身材苗条、举止优雅，穿着羊羔皮外套的骑兵军官？按照弗洛伊德的理论，是不是他还在摇篮里的时候就遭遇过一个漂亮女孩的嘲笑？因为我想，这位教授即便在摇篮里的时候也不会招人喜欢。无论出于什么原因吧，他在我的画中写着一本关于女性在智力、道德和生理上的劣性的巨著，看起来愤怒又丑陋。一上午毫无成效的工作在漫不经心的画画中结束了。但有时，正是在我们的漫不经心和白日梦中，那淹没在水中的真理会浮现出头角。心理学中有一种连精神分析都称不上的基础分析法，这种方法告诉我，我笔记本上愤怒教授的涂鸦反映出了我内心的愤怒。就在我做白日梦的时候，愤怒夺过了我的笔。但愤怒又是从何而来呢？好奇、困惑、娱乐、厌倦——所有这些情绪，我都能准确说出并追根溯源，因为它们一上午都在我脑中互相影响。而愤怒这条黑蛇是否也潜伏在它们之中？它在，涂鸦给了我肯定的答案。它确凿地将矛头指向了那本书、那句话，这位教授关于女性在智力、道德和生理上比男性劣等的言论，唤起了我内心的魔鬼。愤怒让我心跳加速，面颊发热通红。无论这件事多愚蠢，也没什么特别之处。谁也不喜欢别人说他天生就不如某个小男人——我看了看旁边的学生——他系了一条不用打结的领带，都快喘不上气了，胡子两周没刮的样子。这种愚蠢的虚荣心是人之常情。我开始在教授愤怒的脸上画圈，直到他的脸看起来像一片燃烧的灌木丛或是一颗燃烧的彗星——反正看不出是人，也看不出画的是什么。这位教授现在什么都不是了，只是汉普斯特荒原上一团燃烧的火。尽管我找到了愤怒的来由，但我的困惑依旧存在。教授们的愤怒又该如何解释呢？他们为什么生气呢？因为这些书给人的印象中，总是有一种狂热的元素。这种狂热有很多种表现形式，可能是讽刺、感伤、好奇或排挤。但通常还包含着一种不能一眼分辨的元素，我称之为愤怒。这种愤怒隐藏在表面之下，与其他情感杂糅在一起。从它古怪的效果来判断，这种愤怒是精心伪装的、复杂的，而不是简单的直抒胸臆。

　　我审视着桌上这一堆书，心里想，无论是出于什么原因，这些书对我来说都毫无价值了。也就是说，它们在科学上毫无价值，尽管从人文角度来看，它们满是指导和有趣或无趣的内容，还有斐济岛居民真实的怪奇民俗。这些书是用情感的红光写的，而不是用真理的白光写的。因此，它们只得被送还博物馆柜台，然后复位到巨大蜂窝中它们所属的格子里去。我从一上午的工作中，只收获了一个事实，那就是愤怒。那些教授——我这样把他们统一归类——很愤怒。但是，在我把书还回去之后，我不禁再次自问，为什么？我在柱廊下的鸽子和史前独木舟之间停驻，他们为什么愤怒呢？给自己留下了这个疑问之后，我出了门，开始找地方吃午饭了。我理解的他们的愤怒，其本质又是什么呢？这是一个谜题，我在博物馆附近找了一家小餐馆，一直到准备吃饭时还在思考这个谜题。上一位顾客在椅子上留下一份午间版晚报，等待上菜的我便漫不经心地浏览着上面的头条新闻。一串大字组成的标题横跨整个版面：某人在南非大获全胜。还有稍小一点的字，宣告了：奥斯汀·张伯伦爵士正在日内瓦、地下室惊现一把沾着人类头发的砍肉斧头、某某法官在离婚法庭上就女性的无耻发表了评论。报纸上还散布着其他新闻：一位女电影演员被从加利福尼亚山顶吊下，悬在半空；近几日会有雾。我想，哪怕只是刚到地球的外星访客拿起这张报纸，也一定能从这些零散的证词看出，英国正处于父权制的统治之下。没有任何一个正常人察觉不到教授的统治地位。他即权力、财富和影响力。他不仅是报社老板，还是报纸的主编和副主编。他是外交部部长，是大法官。他是板球运动员，拥有赛马和游艇。他是那家向股东付百分之二百分红的公司的董事。他给自己管理的慈善机构和大学留下了数百万美元。他把女演员吊在半空中。他将裁定斧头上是不是人的毛发，从而宣判犯人有罪或无罪，是上绞刑架还是释放。他几乎掌控了一切，除了天气。然而他很愤怒。有一个记号让我知道了他很生气。那就是当我读他写的关于女性的文章时，我脑子里想的不是他在说什么，而是他本人。当一个辩论者冷静地说明观点时，他的思想就只有论点，读者也会不由自主地思考这个论点。如果他冷静地写出关于女性的文章，用确凿的证据来佐证观点，并且没有表现出主观引导结论的迹象，那么就不会激怒别人。人们会接受事实，就像接受豌豆是绿色或淡黄色的一样。而我也会说，好吧，确实如此。而我却很愤怒，因为他就是愤怒的。然而，我看着报纸想着，一个拥有如此权力的人竟然还会愤怒，这似乎很荒谬。还是说，愤怒是权力的随行妖精？不知为何，我对此很好奇。例如，富人经常会感到愤怒，因为他们担心穷人会抢夺他们的财富。对于教授们，或者称之为大家长们更准确一些，其愤怒的原因可能有一部分是如此，但也有一部分原因不那么显而易见。也许他们根本就不"愤怒"，实际上，他们在个人的交往中通常是令人钦佩、无私奉献、可奉为楷模的。也许当那位教授过分强调女性的劣性时，他关心的并不是女性的劣性，而是他自己的优越性。这对他来说是至高之宝，所以才使得他忘乎所以地过分维护。两性的生活——我看着他们肩负着各自的方向沿路前行——是艰巨的、困难的，是一场永恒的斗争。它需要人们付出巨大的勇气和力量。也许，对人类这种沉溺幻觉的生物来说，自信是最重要的。没了自信，我们就像摇篮中的婴儿。我们怎样才能最快地创造出这种无法衡量的至高品质呢？答案就是贬低他人。让一个人觉得自己相比其他人有某种天生的优越性，可能是财富，是地位，是挺拔的鼻子或者拥有一幅罗姆尼画的祖父肖像——人类想象的可悲手段是无穷的。因此，对必须去征服、去统治的大家长来说，感受到大量的人，实际上是世界上一半的人天生比自己劣等，这一点至关重要。这肯定是他权力的主要来源之一。但如果利用这个角度来观察现实生活，会有助于解释人们在日常生活中注意到的一些心理困惑吗？它能解释我前几天的震惊吗？Z先生，最人道、最谦逊的男士，那天，他拿起一本丽贝卡·韦斯特的书，读了其中的一段话后大喊道："彻头彻尾的女权主义者！她说男人都是势利小人！"这句大喊让我震惊无比——为什么韦斯特小姐会是一个彻头彻尾的女权主义者，因为她对另一个性别发表了一个可能是真实的，却带有贬义的声明？——这不仅仅是虚荣心受到伤害的喊叫，这是对他自信的权力受到侵犯的抗议。几个世纪以来，女性一直被视为拥有神奇力量的镜子，能映照出力量倍于其本身的男性形象。如果没有这种力量，地球可能仍是一片沼泽和丛林。所有战争的荣耀也都会是未知的。我们应该仍在羊骨碎片上画出鹿的轮廓，用打火石交换羊皮或者各种符合我们质朴品味的简单装饰品。超级英雄和命运之指也不会存在。皇帝也不会被加冕和夺权。无论这面镜子在文明社会中有什么用途，它对所有暴力和英雄行为都至关重要。这就是为什么拿破仑和墨索里尼都如此强调女性的劣等。如果女性不是劣等的，他们就无法扩张势力。这在一定程度上解释了女性对男性的重要性，也解释了为什么男性在女性的批评下是那么焦躁不安。女性实在不能对男性说这本书不好、这幅画太空洞，或者任何这样的否定，因为这样给他们带来的痛苦和激起的愤怒是无以复加的。因为一旦女性开始说实话，男性在镜子里的形象就会坍缩，他们对于生活的适应能力就会下降。除非他能在早餐和晚餐时看到自己那比实际高大两倍的形象，否则他要怎么继续去评判、教化土著、制定法律、写书、打扮、在宴席上高谈阔论呢？我一边思考，一边掰碎面包，搅拌咖啡，不时看着街上的人。镜子里的形象是至关重要的，因为它充满活力，刺激着人的神经。没有了它，人可能会死，就像瘾君子被剥夺了可卡因。我看着窗外想着，人行道上有一半的人，都在这种幻觉的魔咒下昂首阔步地去上班。早晨，在宜人的阳光下，他们戴上帽子，穿上大衣。他们信心十足、精神抖擞地开始了新的一天，相信自己会在史密斯小姐的茶会上大受欢迎；

他们走进房间时对自己说，我比这里的一半人都强，如此一来，他们在讲话时充满自信和自我肯定，这在公共生活中产生了十分深刻的影响，在个人的思想末端留下了特殊的印象。

但是，我对异性心理这一危险而又迷人的课题的思考成果——我希望大家在年入五百英镑的时候可以去研究一下这个课题——却被必要的买单打断了。一共是五先令九便士。我递给服务员一张十先令的钞票，他去给我找零了。我忽然发现自己的钱包里还有一张十先令的钞票，这让我兴奋得屏住呼吸——我的钱包居然有自动生产十先令的能力。我打开钱包，里面就会有钱。社会为我提供了鸡肉、咖啡、床榻和住所，作为回报，我要把从一位姑姑那里收到的钱支付出去，至于她给我钱的原因，仅仅是我和她同姓。

我得告诉你们，我的姑姑叫玛丽·贝顿。她在孟买骑马放风时，从马背上摔了下来，不幸身亡。于是在一天晚上，我就收到了继承遗产的消息，大约就是那时，赋予女性投票权的法案刚刚通过。当时，我邮箱里收到了一封律师来信，信上说姑姑永久性地给我留下了每年五百英镑的遗产。在投票权和金钱之间，我切实拥有的金钱似乎更加重要。

在此之前，我只能靠给报社打零工为生。我曾经报道过艳舞表演，报道过婚礼。我还帮人填写信封地址、给老太太读书、制作假花、教幼儿园里的小孩子认字母表，通过这些赚了几英镑。这些都是在一九一八年之前对女性开放的主要职业。恐怕我不必强调这些工作有多么辛苦，也不必强调以此谋生有多困难，因为你们身边或许就有从事这些工作的人，或者你们自己就亲身经历过。但是与这两种情况相比，更恶劣的是那些时日在我身上滋生出的恐惧和痛苦之毒，它们至今仍阴魂不散。

首先，老是干着自己不愿意干的工作，而且干得像个奴隶一样，阿谀奉承、谄媚讨好。虽然你可以选择不这样做，但这么做似乎是必需的，不然的话就有可能会顶着巨大的风险，这可不行。然后，就是想到自己那不加以施展就会消亡的天赋——虽然很小，但对我这个拥有者来说弥足珍贵——我的本体、我的灵魂都会随之消亡，所有的一切都会变成一块锈，把春花锈蚀，把树芯锈毁。然后，正如我所说的，我的姑姑去世了。每当我打开钱包，掏出一张十先令钞票，锈迹就会被拭去一点，我心中的恐惧和苦楚就会得以减轻。

真的，我一面把找零的银币放进钱包，一面回想着那些苦日子。有了稳定的收入，人的性情是真的会产生巨大的变化啊。世界上没有任何力量能夺走我的五百英镑。我将永远有食物、住所和衣物。因此，我将不必再工作和劳苦，也将不必再仇恨和痛苦。我不需要怨恨男性，他们伤害不到我；我不需要取悦男性，他们给不了我什么。于是在不知不觉中，我发现自己对人类的另一半采取了一种新的态度。人类作为一个整体，只把责任归咎于某一个阶级或性别的话就太荒谬了。因为庞大的人类群体从来无法为自己的行为负责，他们被自己无法控制的本能驱使。那些大家长和教授也会面临无尽的困难，也有需要克服的可怕的缺点。他们受到的教育从某些方面来看和我受到的一样有缺陷，进而在他们身上也滋生出了同样严重的缺陷。诚然,他们有金钱和权力,但是作为代价,他们内心深处潜藏着一只鹰,一只秃鹫,时刻在他们体内撕肝扯肺——这就是他们的占有本能,他们对豪夺的狂热驱使其时刻觊觎他人的田地和货物;划定疆界,树立旗帜;制造战舰和毒气;牺牲自己和后代的性命。穿过海军总部拱门(我已经走到了那座纪念碑)或任何一条被战利品和大炮占据的街道,回想一下那里所赞颂的荣耀。或者在春天的阳光下,看着股票经纪人和大律师忙着赚钱、赚更多的钱。而事实上,每年五百英镑足以让一个人在阳光下生活。我想,这都源于他们身上那令人不快的本能。我想,这是低下的生活水平和文明程度使然。我静静地注视着剑桥公爵的雕像,特别是他三角帽上的羽毛,这羽毛可能从未被这样细细凝视过。当我意识到这些缺陷时,我的恐惧和痛苦也渐渐化为怜悯和宽容。又一两年后,怜悯和宽容逐渐消失,一种最大的解脱降临,那就是思考事物本身的自由。比如那栋建筑我喜欢还是不喜欢?那幅画好看还是不好看?这本书在我眼中是好还是坏?弥尔顿建议女人觅一位绅士,并将自己的崇拜永远寄托于其高大伟岸的身影，但我姑姑的遗产取代了这条建议，为我揭开了天空的面纱，让我得以纵览开阔的天景。

我这样想着、揣测着，不知不觉走上了回河边的住所的路。此时街灯已经亮起，夜晚的伦敦和早晨相比发生了难以言喻的变化。仿佛这台巨大的机器经过了一整天的劳作，在我们的协助下，织就了几码振奋人心的美景——一段赤红眼睛闪烁其中的火红绫罗、一只口吐热气怒吼着的棕色怪兽。就连风也像一面旗帜一样在猛烈挥舞，抽打着房屋，晃动着围墙。

然而我住的这条小街充满了生活气息。油漆工正从梯子上爬下来；保姆小心翼翼地推着婴儿车进进出出，然后回到托儿所喝茶；运煤工人将空麻袋层层叠放；果蔬店老板娘正戴着红手套计算着一天的收入。但我全神贯注于你们交付在我肩上的问题，即便眼前是这些日常景象，我也会不由自主地将它们同问题的核心联系起来。哪一种工作更高级、更有必要？我觉得比起上个世纪，现在要回答这个问题是难上加难。是做一个运煤工人好，还是做保姆更好？那位养育了八个孩子的女工对世界的价值要比那位年薪十万的律师低吗？这种问题问也是白问，因为没有人能回答。女工和律师的相对价值不仅在几十年间起起落落，而且即使在当下，我们也没有一个明确的衡量标准。我居然还要求教授在讨论女性问题时能拿出"确凿的论据"，也真够愚蠢的。即使有人能够明确某种才能在当下的价值，这种价值也会随时间而变化，百年之后，沧海桑田。当我走到家门口时，心想，一百年后，女性将不再是一个需要受保护的性别。从逻辑上来讲，所有那些曾经将她们拒之门外的活动和工作中都将有她们的身影。保姆会去运煤。商店老板娘会去开车。所有以女性弱势地位为前提所观察到的事实假设都将烟消云散——比如（这时一队军人沿街前进），人们一般认为女性、牧师和园丁比其他人更长寿。假如移除这种前提条件，让女性参与男性参与的工作和活动，让她们当兵、水手、火车司机和造船工，那时女性的寿命会比男性短得多，以至人们会说"我今天看见了一个女人"，就像人们过去常说的"我看见了一架飞机"那样。当女性不再处于被保护的地位时,一切皆有可能发生。我一边想着,一边打开了家门。但这一切跟我的论文"女性与小说"的主题有什么关系呢?我走进屋子,自问道。

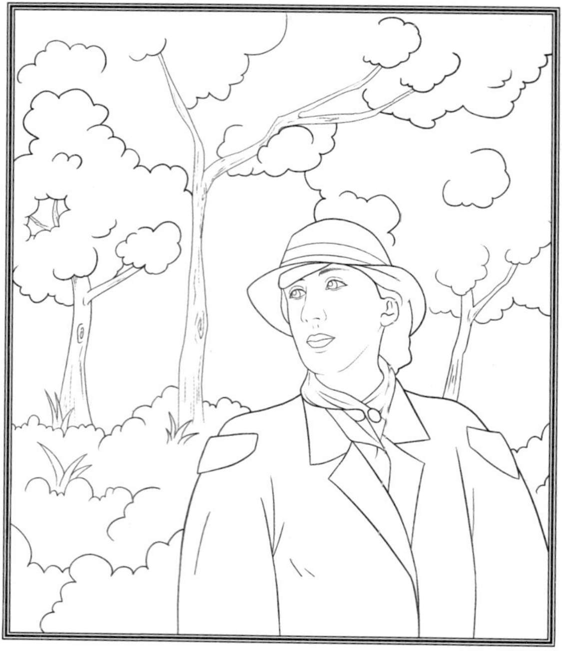

三

令人失望的是,我这晚没有带回任何重要的结论和可靠的真相。女性比男性穷是因为——如此或那般。也许我现在最好放弃寻找真理,拒绝让那些像熔岩一样滚烫、像洗碗水一样混浊的意见雪崩般地涌入脑海。我最好拉上窗帘,排除干扰,打开灯,缩小问题的范围,并让记录客观事实而非主观意见的历史学家来叙述女性的生活条件,不必概括所有时代,只说伊丽莎白时代的英国女性就好。

为什么在那个任何男人都能写颂歌或十四行诗的辉煌的文学时代,却没有哪位女性留下片言只字?这是一个长久以来的未解之谜。当时的女性的生活条件是怎么样的？我问自己，因为创作小说是极需想象力的工作，科学研究可能像石头意外掉在地上那样偶然，但小说不会：小说就像一张蜘蛛网，只是轻轻地附着在生活的各个角落。这种联系往往难以觉察，就如莎士比亚的戏剧似乎是独立存在的一样。但是，当你扯开这张网，它就会从中间断裂，边缘还是挂在墙上，这时你就会意识到，这张网不是无形之物凭空织就的，而是产自人类的苦难，并依附于真实的有形之物，比如健康、金钱和我们居住的房子。

因此，我走到历史类书籍的书架前，取下一本最新出版的历史书——特里维廉教授的《英国史》。我在索引中再次查找了一下"女性"，接着找到了"女性的地位"，于是翻到相应的页面。教授写道："打老婆是公认的男性拥有的权利，而且无论地位高低，这种行径都不被视为耻辱……同样，"历史学家继续写道，"如果女儿拒绝嫁给父母安排的男士，就很可能会被禁锢，被殴打，被扔在房间里，而且并不会在公众舆论中掀起任何波澜。婚姻并不是爱情的双向奔赴，而是一个家庭的敛财手段，这种现象在'正派'

的上层阶级尤甚……在一方或双方还在襁褓之中时，婚约就会缔结，一旦孩子从保姆的照顾中脱离，便要完成婚姻仪式。"这些情况都发生在一四七〇年左右，即乔叟时代之后不久。接下来，教授又讲述了大约两百年后，斯图亚特王朝时期女性地位的情况："上层和中层阶级的女性自主选择配偶的情况仍然是个例，一旦丈夫被确定，他便是妻子的主人，至少在法律和习俗的允许范围内是如此。然而，即便如此，"特里维廉教授总结道，"无论是莎士比亚笔下的女性，还是像弗尼家族和哈钦森家族这种十七世纪回忆录中的女性，似乎都不乏鲜明独立的个性和性格。"确实是这样，如果我们仔细想想，就会发现克莉奥佩特拉在处事方面总是别具一格，麦克白夫人也有自己的意志，罗莎琳德也有其独特的魅力。特里维廉教授说，莎士比亚笔下的女性都不乏鲜明独立的个性和性格，这是事实。作为非历史学家，或许我们可以更进一步地给出推论，自人类历史的伊始，所有诗人作品中的女性就像灯塔一样闪耀——剧作家中，有克吕泰涅斯特拉、安提戈涅、克莉奥佩特拉、麦克白夫人、菲德拉、克瑞西达、罗莎琳德、苔丝狄蒙娜、马尔菲公爵夫人；文学家中，有米勒芒特、克莱丽莎、贝基·夏普、安娜·卡列尼娜、爱玛·包法利、盖尔芒特夫人——这些名字涌现于脑海，并没有给人以女性"缺乏个性和性格"的印象。的确，如果女性只存在于男性创作的小说中，人们会认为女性是极其重要的人物，非常多姿多彩，可以英勇或尖酸；可以纯洁或肮脏；可以美到极致，也可以丑到极致；可以像男人一样伟大，还可以比男人更加伟大。可现实中呢，正如特里维廉教授指出的，她们"被禁锢，被殴打，被扔在房间里"。

一种奇怪的复合体就这样出现了。在人们的想象中，她有着极高的地位，但在现实生活中，她却无足轻重。她渗透在诗歌的字里行间，在史书中却名不见经传。在小说中，她掌控着国王和征服者的人生；而在现实中，她在父母的强迫之下套上戒指，可能成为任何男人的奴仆。在文学中，最让人醍醐灌顶的话语、最耐人寻味的思想从她的唇齿间流露；而在现实中，她几乎不识一丁、胸无点墨，不过是她丈夫的一件财产。

这当真是一种奇异的怪物,被先读史书再读诗歌的人捏造出来的怪物,其矛盾程度不亚于一只蠕虫却长着鹰翅、一个象征生命与美的仙子却在厨房切墩。可无论想象多么有趣,这些怪物并不存在于现实中。要想让她鲜活如生,你的想象必须在诗意的同时保持平实,这样才能保持与现实相连——她是马丁夫人,身着蓝色衣服,戴着黑色帽子,穿着棕色鞋子;但也别忘了虚构的成分——她体内装载着各种精神和力量,互相交织闪耀。但是,如果要想象伊丽莎白时代的女性,这种方法就行不通了,因为我们缺乏足够的相关事实。我们无从得知关于她的任何细节,没有任何确切和翔实的素材可作支撑。历史对于她的记载更是寥若晨星。因此,我再度求助于特里维廉教授,想知道历史于他而言意味着什么。我翻看书上的章节标题,发现他笔下的历史是这样的——"庄园法庭与敞田农业的方法……西多会与牧羊业……十字军东征……大学……下议院……百年战争……玫瑰战争……文艺复兴时期的学者……修道院的解散……

农业和宗教冲突……英国海上权力的起源……西班牙无敌舰队……"偶尔才会提到一个女性,如某某伊丽莎白、某某玛丽,某位女王或贵妇人。但是,除了自己的头脑和性格以外一无所有的中产阶级女性是绝不可能参与任何一次重大运动的,而共同构成历史学家对过去看法的,恰恰是这些重大运动。我们在逸事集中也看不到她们的身影。约翰·奥布里也几乎不会提到她们。她们从不撰写自己的生平,连日记都很少写,就连现存的书信也是屈指可数。她们没有留下任何可供我们品评的戏剧或诗歌。我想,人们想要的东西——为什么纽汉姆和格顿的优秀学生们不能提供呢?——是大量的信息,例如,她是几岁结婚的?一般会要几个孩子?她的房子是什么样的?有没有自己的房间?她负责做饭吗?她有仆人吗?这些伊丽莎白时代普通女性的生活情况,定然散落、尘封于某处,大概在教区登记册和账簿中,它们等待着某位有心之人将其辑录成书。尽管我总是觉得现有的历史有些怪诞不经、失之偏颇,但又怎敢提起勇气去建议那些著名高校的学者重新书写历史呢?这未免太大胆了。可他们又为何不能为历史做一份增补呢?当然了,标题不能太显眼,这样女性就可以适当地出现在其中,且不至于引起人们反感。在伟人的生平中,我们总是可以瞥见女性的身影,她们在历史背景中淡化、消失,我有时会在想象中描摹她们被隐去的一颦一笑,或是一滴泪。毕竟,简·奥斯丁的生平我们已经看得够多了,似乎也没必要再去探讨乔安娜·贝利的悲剧对埃德加·爱伦·坡的诗歌产生的影响,而对我个人来说,即使玛丽·拉塞尔·米特福德的故居和常去之处被关闭了一个世纪,我也不介意。但可悲的是,我们对十八世纪以前的女性一无所知。我脑海中连一个可供发挥想象的原始案例都没有。我想知道为什么伊丽莎白时代的女性不写诗,可我都不知道她们受教育的方式,不知道是否有人教她们写作、她们有没有自己的房间、有多少女性在二十一岁之前就有了孩子、她们从早上八点到晚上八点都在做什么。她们显然没有钱,而据特里维廉教授的说法,她们甚至在未成年时就要结婚了,可能是自愿的,也可能是被迫的,很可能她们那时只有十五六岁。按照这个说法,如果她们有人突然写出了莎士比亚那样的戏剧,那才叫奇怪呢。

我想起一位已经逝世的老绅士,我印象中他曾是一位主教。他曾宣称,无论过去、现在,还是将来,任何女性都不可能拥有像莎士比亚那样的才华。他把这种言论发表在了报纸上。他还告诉一位女性咨询者,猫其实无法上天堂,尽管——他补充道——它们也有某种程度的灵魂。这些老绅士为了拯救生灵可真是呕心沥血呀!他们踏足之处,无知只能退避三舍啊!猫上不了天堂。女人写不出莎士比亚的戏剧。

尽管如此,当我看着书架上莎士比亚的作品时,还是不禁想到,至少在这一点上这位主教是对的。在莎士比亚所处的时代,任何女性要写出莎士比亚的剧本是不可能的,完全不可能。因为我们很难找到相关的事实依据,所以只能设想一下,如果莎士比亚有一个非常有天赋的妹妹,名叫朱迪斯,那她会怎样呢?

莎士比亚本人很可能——他的母亲继承了一笔财产——被送进文法学校,他很可能会学到拉丁文——奥维德、维吉尔和贺拉斯——以及语法和逻辑学的基础知识。众所周知,他小时候是个野孩子,曾偷猎过兔子,也许还射过鹿。他还不得不在小小年纪就娶一个邻家女孩,那个女孩也很快给他生了个孩子。那次放荡胡闹让他背井离乡,到伦敦寻找出路。他似乎对戏剧兴致勃勃,开始在剧院门口给别人牵马。转眼间,他就在剧院找到了工作,成为一名成功的演员,人们对他如众星捧月,他也因此结识各界人士。他在舞台上展示艺术,在街头发挥智慧,甚至还进了女王的宫殿。与此同时,我们假设的那位同样天赋异禀的妹妹朱迪斯留在了家里。她和莎士比亚一样充满冒险精神,富有想象力,也迫切地想了解外面的世界。但她没有上学的机会,没有学习语法和逻辑的机会,更别提读贺拉斯和维吉尔了。她可能偶尔会从哥哥的书中拿出一本,读几页。然后她的父母就会出现,让她去补袜子或者去看厨房的锅,不要拿着书或报胡思乱想。他们虽然语气严厉,但是出于好心,因为他们都是活在现实中的人,深知一个女人要生活下去的话需要何种条件。他们爱他们的女儿——实际上,她很有可能是父亲的掌上明珠。也许她曾经偷偷溜进放苹果的阁楼里写下几页文字,但她只会小心地藏好,或者烧掉。不久,在她还没成年的时候,就会被许配给附近一位羊毛商的儿子。她厉声反对这桩婚事,换来的却只是父亲的毒打。然后,她父亲不再责骂她,反而哭着求她不要伤害他,不要在这桩婚事上让他蒙羞。他说,会给她买条珍珠项链或者漂亮裙子。他眼里噙着泪水。她怎么能不听从命令?怎么忍心让父亲难过呢?但是在自己强大天才的驱使下,她出走了。一个夏夜,她收拾行囊,沿着一根绳子爬了出去,踏上了去往伦敦的路。她还不到十七岁。树上鸟儿的啼啭不及她的歌喉悦耳。她像她的哥哥一样,在音律方面才思敏捷,对戏剧情有独钟。她来到剧院门口,说自己想要演戏。男人们指着她的鼻子嘲笑她。剧院经理——一个大腹便便、口不择言的男人——捧腹大笑。他嚷嚷着一些女人演戏就像贵宾犬跳舞之类的话——他的意思是,女人就不可能当演员。他还暗示——你可以想象到他暗示了什么。没什么地方可以让她练习演技。你可以想象,如果一个女人半夜去小酒馆吃饭、在大街上闲逛会发生什么。然而,她是写小说的天才,她如饥似渴地想要了解大量男人和女人的生活,想要研究他们的生活方式。最后——因为她很年轻,又有着诗人莎士比亚那样的灰色眼睛和弯弯的眉毛——她得到了演员经理尼克·格林的怜悯,就这样,她发现自己怀上了这位绅士的孩子。所以——当一个诗人的灵魂被一个女人的躯体禁锢,谁又衡量得出她内心的无限焦灼和激荡?——在一个冬夜,她自杀了,尸体被埋在一个十字路口,就是现在大象城堡旅馆外面停靠公交车的地方。

我想,如果真的有一个生活在莎士比亚时代且拥有莎士比亚那样的才华的女性,她的命运就会如这个故事般展开。但就我而言,我同意那位已故主教的观点,如果他真的当过主教的话——无法想象莎士比亚时代能出现拥有莎士比亚那样的才华的女性。因为像莎士比亚那样的天才不可能诞生于未受过教育的、卑躬屈膝的劳动人民之中,不会诞生于撒克逊人和布立吞人之中,不会诞生于当今的工人阶级之中。那么,根据特里维廉教授的说法,他怎么会诞生于几乎从孩童时期就开始工作、被父母强迫、被法律和世俗束缚的女性之中？然而，在工人阶级中一定也存在着一些天才，女性群体也是如此。艾米莉·勃朗特和罗伯特·彭斯这样的天才不时地乍现，就能证明这一点。但她们肯定不会被载入史册。

然而，每每读到有位被淹死的女巫、被魔鬼附身的女人、卖草药的巫婆，甚至某位杰出人士的母亲，我都会觉得正在面对的是一位迷茫的小说家，一位被压迫的诗人，一位默默无闻的简·奥斯丁，一位在荒原上撞破头、在大马路上横冲直撞、被天赋折磨得发狂的艾米莉·勃朗特。我大胆猜测，那些留下了海量诗词的"无名氏"，大多是女性。爱德华·菲茨杰拉德曾说过，女性创作了民谣和民歌，她们对着自己的孩子轻声哼唱，以消磨纺织工作的枯燥和漫长的冬夜。

这可能是真的，也可能是假的——谁能说得准呢？——但要说有什么是真的，在我看来，回顾我编织的莎士比亚妹妹的故事，真实之处在于：任何一个出生在十六世纪的天赋异禀的女性，都一定会发疯，会开枪自杀，或者离群索居，被当成半人半巫的异类，在嘲笑声和恐惧中孤独终老。我们几乎完全不需要借助心理学技巧就可以确定，如果一个天赋异禀的女性试图用自己的才华创作诗歌，那么她必然会被其他人打压、阻挠，被她那与世俗背道而驰的本能折磨得支离破碎，她必然会失去健康和理智。没有一个女孩能只身前往伦敦，站在剧院门口，强行面见演员经理，而不遭受任何苦难折磨，这很不合理吧——因为贞洁可能是某种社会出于未知原因发明的怪癖——但是无法避免。贞洁在当时，乃至今日都对女性的生活有着浓厚的宗教意味，它被人们的神经和本能紧紧包裹，需要世间最稀罕的强大勇气才能将其解放。对一个女诗人或剧作家而言，要在十四世纪的伦敦过上自由的生活，意味着陷入巨大的压力和困境之中，这可能会要了她的命。即便她侥幸活了下来，她的作品也只会源自病态和紧张的想象，扭曲变形，不复以往。在书架上，我看不到女性作家的戏剧作品。我想即便是有，她们也会为了自保而被迫匿名。一直到十九世纪，女性作家们都还在贞洁思想的影响下隐姓埋名。柯勒·贝尔、乔治·艾略特和乔治·桑都是这种内心冲突的受害者,她们试图用男性的名字掩饰自己,但收效甚微。因此,她们向传统献媚,这种传统即便并非全由男性树立,却也是他们大力鼓吹的(伯里克利说,一个女人最大的荣誉就是不被人们谈及,而他自己却经常被人们讨论)。隐姓埋名这一传统流淌在女性的血液中,她们渴望匿于面纱之下。甚至她们现在都不像男性那样关心自己的名声,通常她们路过一处墓碑或路标时,都不会有想把自己的名字刻在上面的强烈冲动。她们不像阿尔夫、伯特或查斯那种完全听从于本能的人,看到漂亮女人甚至一只狗经过时,都会嘟囔一句:"这狗是我的。"当然,他们可能不仅对狗这样,我想在议会广场、胜利大道和其他大道,他们也会对一块土地或一头黑色鬈发的男性这样。作为女性的好处之一是,她们即便看到一位很漂亮的黑人女性也可以安然走过,而不用想着把她变成英国女人。

出生于十六世纪的有诗歌天赋的女性是不幸的,她要与自己做斗争。她释放大脑中的任何东西都需要一种精神状态的加持，可她的一切生活条件、一切本能，都同这种精神状态相敌对。但是，什么样的精神状态是最有利于创作的呢？我不解地问。到底是什么促进了创作这种奇特的行为，并使之有实现的可能，有人能弄清楚吗？想到这里，我打开了莎士比亚的悲剧集。比如，莎士比亚在创作《李尔王》和《安东尼与克莉奥佩特拉》时是怎样的精神状态呢？那一定是有史以来最有利于诗歌创作的精神状态。但是莎士比亚本人对此只字未提。我们只是偶然得知，他"从未修改过一行字"。也许直到十八世纪，艺术家才真正开始谈论自己创作时的精神状态。可能是卢梭开启了先例。无论如何，到了十九世纪，自我意识已经发展到了一定程度，以至文人们已经习惯在忏悔录或自传中描述自己的精神状态了。他们的生活被记录下来，他们的信件也在死后被印刷出版。因此，尽管我们不知道莎士比亚创作《李尔王》时经历了什么，但我们可以确切地知道卡莱尔创作《法国革命》时经历了什么，福楼拜创作《包法利夫人》时经历了什么，济慈用诗歌对抗死亡和世间的冷漠时经历了什么。

从大量现代文学的自我分析和忏悔录中我们可以看出，写出一部天才之作几乎总是一项艰难的壮举。似乎一切都在阻止作品完整、顺利地诞生于作家的头脑。除了通常情况下的物质条件的阻碍，如狗吠、人扰、经济困难和垮掉的健康等，更让人难以承受的是这个世界的冷漠。这个世界不要求人们书写诗歌、小说和历史，它不需要这些。它不在乎福楼拜的用词是否得当，卡莱尔是否严谨考证过每个事实。自然，它就不会为此买单。因此，像福楼拜、卡莱尔和济慈这样的作家会遭受种种干扰和挫折，特别是在他们富有创作力的年轻时期。他们在那些自我分析和忏悔录中，发出了一声声咒骂和痛苦的呼喊。"伟大的诗人死于苦难"——这是他们沉痛的哀歌。如果在这种苦难之下，作家仍能创作出什么作品的话，那就堪称奇迹了，可能没有一本书能如最初构思的那样完好无损地问世。

但是对女性来说，我望着空荡荡的书架思索，面对的困难要可怕得多。首先，甚至直到十九世纪初，女性都不可能拥有自己的房间，更别说一个安静、隔音的房间了，除非她的父母很有钱或很有地位。由于她那完全仰赖于父亲好意的零用钱只够让她衣着得体，所以像济慈、丁尼生和卡莱尔这些穷人的享乐办法她都无福消受，比如外出走走、去法国短途旅行，或是住进一间独立的小屋，即便再破旧也能让她躲避家人的压榨和专横。这些物质条件上的阻碍像座大山，但更糟糕的是非物质上的困难。像济慈、福楼拜等男性天才难以忍受的世界的冷漠，在女性身上变成了敌意。世界对这些男人说："你们爱写就写，我无所谓。"但对女性却嘲笑道："写作？写作有什么好处？"看着书架上的空位，我想到现在纽汉姆和格顿的心理学家可以助我一臂之力。因为是时候衡量挫折对艺术家思维的影响了，就像我见过的一个乳品公司衡量普通牛奶和 A 级牛奶对老鼠身体的影响一样。当时他们把两只老鼠关在相邻的两个笼子里，其中一只瘦弱、胆小、怯懦，而另一只健壮、胆大、毛皮油亮。那么女性艺术家吃的是什么？我回忆起那顿有梅干和奶油冻的晚餐。要回答这个问题，我只需打开晚报，读读伯肯黑德勋爵的观点就行了——但实际上，我不想费力地抄写伯肯黑德勋爵对女性写作的意见。我不再理会英奇主教的话了。哈利街那些专家的高呼也改变不了我一丝一毫。不过,我要引用一下奥斯卡·布朗宁的话,他曾是剑桥大学的重要人物,出过纽汉姆和格顿考试的题目。布朗宁先生经常说:"就他的印象而言,随便拿一组试卷对比,都能发现最优秀的女性在智力上也不如最差的男性。"他说完这句话之后就回到了房间——正是这个后续事件让他变得可爱、成为一个颇有分量和权威的人物——他回到房间后,看到一位瘦弱的小马童躺在沙发上,"骨瘦如柴,脸色蜡黄,双颊凹陷,牙齿发黑,四肢似乎也有些残疾——'是亚瑟',(布朗宁先生说)'他真是个聪明可爱的孩子'。"在我看来,这两个场景是相辅相成的。幸好,我们这个时代有丰富的传记资料,这使我们能够全面了解一个伟大人物的态度,不仅能看他说了什么,还能看到他做了什么。

虽然我们现在能看到这些了,但即便在短短的五十年前,这种重要人物发表的言论,影响力还是相当巨大的。让我们假设,一位父亲出于最高尚的动机,不希望自己的女儿离开家去成为作家、画家或学者。那么他就会说:"你看,连布朗宁先生都这么说。"更何况不只是奥斯卡·布朗宁先生这样说,还有《星期六评论》和格雷格先生——格雷格先生强调,"女人存在的本质意义就是被男人照顾和照顾男人"——这样的大男子主义观点屡见不鲜,他们在智力上对女性不抱任何期望。即使做父亲的没有明确表达这些观点,做女儿的自己也能感受到。即便到了十九世纪,这些观点也会给她们泼一盆冷水,深深地影响她们的职业发展。总会有这样的断言——你做不了这个,你不能做那个——要抗议,要克服。也许对小说家来说,这种种子已经没有太大影响了,因为已经出现了有价值的女性小说家。但对画家来说,它可能仍然会产生刺痛;而对音乐家来说,我想它现在仍然奏效,而且毒性很强。现在的女性作曲家正处于莎士比亚时代女演员的地位。我想起了莎士比亚妹妹的故事,尼克·格林曾说,女人演戏就像小狗跳舞。两百年后,约翰逊博士用同样的话来形容女性传教士。想到这里,我翻开了一本关于音乐的书,又发现这种话在一九二八年被用来形容女性作曲家。"谈到热尔梅娜·塔耶芙尔小姐，我们可以直接引用约翰逊博士的话，只需要把'女性传教士'改成'女性作曲家'就可以了。'先生，女人作曲就像狗用两条后腿走路。虽然跟跟跄跄，但你会惊讶地发现，它居然走起来了。'"历史总是惊人地相似。

因此，我合上了奥斯卡·布朗宁先生的传记，也把其他人的推到一边，我已经得出明显的结论：即使在十九世纪，女性也并不被鼓励做艺术家。相反，她们会被嘲笑、打击、训斥和规劝。为了对抗这个、证明那个，她们的思想必然会紧绷，热情必然会降低。说到这里，我们需要再次接触那个有趣而又难以捉摸的大男子主义情结，它对女性的行为产生了深远影响，这种根深蒂固的欲望，与其说是要她低人一等，不如说是要他高人一等。这种欲望随处可见，它阻挠着女性踏入艺术，甚至政治的道路，即使请求者那么谦卑和热切，即使她们并不会对男性构成多少威胁。我想起即使是如此热衷于政治的贝斯伯勒女士，也必须谦卑地向格兰维尔·列维森-高尔勋爵写信表示：

"尽管我在政治上非常激烈,也就政治问题进行了不少讨论,但是我完全同意你的观点,即任何女性都不应该干涉政治或其他严肃的事务,顶多发表一下个人意见(如果有人问起的话)。"然后,就格兰维尔·列维森-高尔勋爵在众议院首次演说这个极其重要的议题,她才能畅通无阻地继续投入热情。我认为这种现象着实奇怪。男性反对女性解放的历史也许比女性解放本身的故事更有趣。如果哪位格顿或者纽汉姆学院的年轻学生能收集一些事例并推导出一个理论,那她能写成一本有趣的书。但是她们需要戴上厚厚的手套,并用坚固的铁栅栏保护自己。

暂且将贝斯伯勒女士搁在一边,我想这些话现在听来很可笑,但在过去却是被认真严肃对待的。我相信,如果这些言论现在被整理成书,那一定会被贴上"奇闻"的标签,供一小部分读者在夏夜里消磨时间;但在过去,它们曾让许多人眼角带泪,甚至让你们祖母和曾祖母那一辈的很多人泣不成声。让弗洛伦斯·南丁格尔发出痛苦的哭号。此外,你们这些已经上了大学,享有自己的起居室的人——或者卧室兼起居室——说天才不应该理会这些观点，天才应该不会在乎他人的评价。不幸的是，天才往往是最在意这些的人。想想济慈，想想他墓碑上的铭文。想想丁尼生，我不需要再举例了，因为这个不幸的事实无可否认，艺术家就是天生过分在意他人的评价。文学上遍地都是那些过分在意他人观点的人的残骸。

回到最初的问题：什么样的精神状态最有利于创作？我想，这种敏感性使得艺术家们的不幸倍增，因为一个艺术家要想将内心的作品完美地展现出来，就必须具备强大的力量，我看着桌上翻开的《安东尼与克莉奥佩特拉》，心里想，他的状态就得像莎士比亚一样火热，不能有任何的阻碍和杂质。

我们对莎士比亚创作时的状态一无所知，但这种描述本身就是对他状态的一种解读。相比多恩、本·琼森或弥尔顿，我们对莎士比亚知之甚少，可能正是因为他没有流露出任何不满、愤怒和仇恨。没有什么"揭露"会让我们联想到这位作家。抗议、说教、诉苦、报复、让世人见证自己遭受的痛苦和不公，所有的这些欲望都被他激发并消耗殆尽了。因此,他的诗歌自由流畅、水到渠成。如果世上有一个人完整地表达出了自己,那这个人就是莎士比亚。我再次转向书架,心想,如果有一个人的精神是炽烈激昂且无拘无束的,那就是莎士比亚的精神。

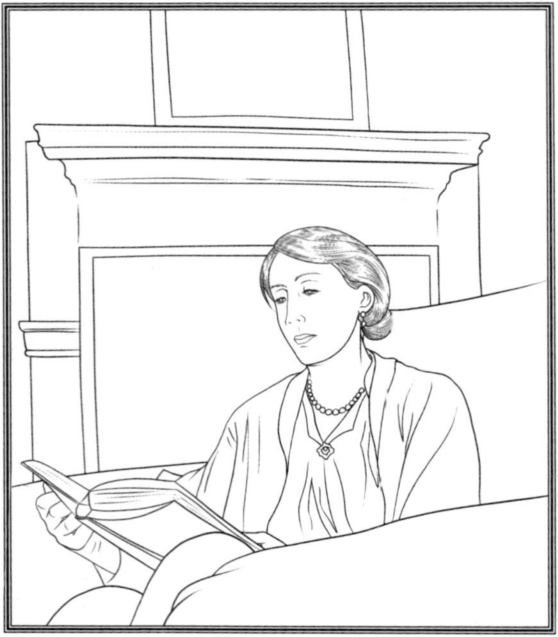

四

十六世纪的女性显然不可能有这样的精神状态。只需要想象一下伊丽莎白时代,双手合十跪在墓碑前的孩子:想想她们的早逝、想想她们那黑暗狭小的房间,你就会明白当时的女性无法写诗。我们可以期待未来出现一位生活相对自由舒适的贵妇,可以冒着被人视为怪物的风险,用真名发表一些作品。当然,这不是说男性就是势利小人,我得小心言辞,以免被当作丽贝卡·韦斯特小姐那样"彻头彻尾的女权主义者",但是当伯爵夫人写诗时,大多数男性都会以同情的眼光来肯定她的努力。与当时不知名的奥斯丁或勃朗特小姐相比,人们更期望一位拥有头衔的女性能得到更多的鼓励。但人们同样期望她的精神被恐惧和仇恨等外来情绪扰乱,并在她的作品中留下痕迹。以温切尔西伯爵夫人为例吧,我取下她的诗集。她生于一六六一年,出身高贵,嫁入名门,没有孩子,她写诗。只要翻开她的作品,就会发现她对女性地位爆发出的愤怒:

> 我们是如此沉沦!在错误的规则下沉沦,
> 我们缺少后天教育并非先天蠢笨;
> 思想的一切进步都被囚禁,
> 在安排和设计之下变得愚钝;
> 如果有那脱颖而出的人,
> 心怀热梦,壮志凌云,
> 可强大的敌人步步紧跟,
> 蓬勃的希望也只能向恐惧俯首称臣。

她的精神显然没有"将所有的阻碍消耗殆尽,变得火热"。相反,它被仇恨和愤懑扰乱。在她眼里,人类分成了两拨。男性是"敌人",是令她憎恨和恐惧的，因为他们有力量阻止她去做她想做的事——写作。

> 唉！想提笔的女流一位，
> 被判为傲慢轻狂之辈，
> 这个过错任何德行都无法挽回。
> 他们说我们对自己的性别和方向有误会；
> 良好的教养、舞姿、衣着、玩乐和时尚品位，
> 我们要追求的该是此类；
> 写作、读书、思考或探究是非，
> 只会虚耗我们的时间，黯淡我们的美，
> 阻碍了被征服的脚步，在我们的青春年岁。
> 而打理家务这种沉闷琐碎，
> 被定义为我们的艺术和用途之最。

其实，在她的设想下这些东西永远都不会出版，只有这样她才能有勇气写下来。她只能用这些悲伤的吟唱自我劝慰：

> 唱给三两好友,唱给你的忧愁,
> 那月桂成林,你未承想染手;
> 你那阴翳黑得足够,置身其中别无所求。

然而,很明显,如果她能把自己的精神从仇恨和恐惧中解放,而不是让痛苦和怨恨堆积,她内心的火焰其实是炽热的。她笔下一次又一次地流出纯粹的诗意:

> 褪色的丝线也无法织就,
> 无与伦比的玫瑰清幽。

墨里先生给予了这些诗句恰当的称赞,据说蒲柏还记下并引用了下面的诗句:

> 此刻,黄水仙战胜了虚弱的头脑,
> 我们在芬芳的痛苦下昏倒。

这个女人本可以写出这样的作品,本可以顺应天性自由思考的精神却被迫陷入愤怒和悲苦之中,真是让人遗憾万千。但她又能如何自救呢?想想那些嘲笑和讥讽,那些阿谀奉承,还有专业诗人的质疑。为了写作,她一定曾把自己关在乡村小屋中,让怨恨和犹豫折磨着她的心灵,尽管她有一个最善良的丈夫,和一段完美的婚姻。我说"一定",是因为如果你去调查温切尔西伯爵夫人的生平,会发现人们对她几乎始终一无所知。她被忧郁折磨得苦不堪言,她的诗句在一定程度上说明了这一点。她是这样将其落于纸面的:

> 我的诗句遭诋毁,我的创作被当作
> 狂妄的错误,一文不名的愚蠢行为。
> 而这被谴责的创作,如你所见,纯真无害,
> 不过是漫步田野、梦中沉醉:
> 我那乐于勾勒独特事物的双手,
> 背离了世俗平凡的窠臼,
> 好比褪色的丝线也无法织就,
> 无与伦比的玫瑰清幽。

当然，如果她的习惯和爱好如此，那她除了被嘲笑，就别指望别的了；据说蒲柏或者盖伊曾经讽刺她为"乱写乱画的女才子"。还有人说她曾经因为嘲笑盖伊而得罪了他，她说他的诗作《琐事》表明"比起坐在轿子上，他更适合下来抬"。不过墨里先生说，这些都是"不靠谱的流言"，而且"无聊"。我不同意这个观点，因为即便是不靠谱的流言积少成多，也有助于我认识并勾勒出这位忧郁的夫人的剪影——她喜欢在田野间散步，思考独特的事物，如此鲁莽、不明智地轻蔑"打理家务这种沉闷琐碎"。但墨里先生说，她荒废了自己的才华。她的才华被荒草缠绕，被荆棘束缚，再没机会展示它优雅卓越的一面。于是，我把她的作品放回书架上，转向另一位贵妇人——兰姆喜爱的那位公爵夫人，来自纽卡斯尔的那位异想天开的玛格丽特，她与温切尔西伯爵夫人是同代人，比她年长一些。她们俩迥然不同，但出身同样高贵，也都没有孩子，且都嫁了最好的丈夫。她们内心都燃着对诗歌的热情，但都出于同样的原因被扭曲和损毁。翻开这位公爵夫人的诗作，你能看到同样爆发出的愤怒之情："女人生活如蝙蝠或猫头鹰，劳作如牲畜，死去如蠕虫……"玛格丽特本来也可能成为诗人，要是在我们这个时代，她的创作定能转化为某种形式的成果。事实上，又有什么能够束缚、驯服、教化这种狂野、大气、桀骜不驯的智慧为人类所用呢？它们狼奔豕突一般倾泻而出，融入一股股韵律、散文、诗歌与哲学的洪流，凝结在一本本四开本或对开本的无人问津的书籍中。她本应手持显微镜，她本应接受科学教育去观望星体。然而，她的才智被孤独和自由迷惑。没人制约她，也没人教导她。教授们奉承她，宫廷里的人又嘲笑她。埃杰顿·布瑞格爵士曾抱怨她的粗俗——"这竟是出自一位生于宫廷的贵妇人之手。"她只得把自己只身关在维尔贝克。

玛格丽特·卡文迪什让人脑海中浮现了一幅多么孤独而混乱的场景啊！如一根巨大的黄瓜藤蔓覆盖了满园的玫瑰和康乃馨，将它们缠绕致死。可惜这位写下"女性最好的教养体现在精神的文明"的女人竟将时间浪费在胡言乱语上，还在愚蠢的泥潭中越陷越深，直到最后她乘坐马车出行都会被人围观。显然，这个疯狂的公爵夫人成了吓唬聪明女孩的妖怪。我想起多萝西曾给坦普尔写信谈论公爵夫人的新书。于是，我放下公爵夫人的书，翻开多萝西·奥斯本的书信集。她写道："这个可怜的女人确实有点魔怔了，否则她不会傻到写书，还写成了诗，我哪怕两个星期不睡觉也不会做这种冒险的事。"

所以，既然理智谦逊的女性都不会写书，那么多萝西这位敏感忧郁、性情与公爵夫人完全相反的女人什么都没有写——如果不算写信的话。一个女人可以在她父亲的病床旁边写信。如果不打扰男人谈话的话，她也可以在火炉旁写信。我边翻着多萝西的书信，边觉得奇怪，这个没有受过正规教育的孤独女孩，在遣词造句和塑造场景方面却有这么大的天赋。听听她的话吧：

午饭后，我们坐着聊天，谈起 B 先生时，我起身离开了。白天炎热的时光我会用来读书或工作，六七点时，我会去附近的一片公共区域，那里有很多年轻女孩放羊、放牛，坐在树荫下唱民谣。我接近她们,将她们的歌声和美貌与我在书中读过的古老牧羊女相比较,发现她们大有不同,但相信我,她们都是一样纯真无邪。和她们聊天,我发现她们想要成为世界上最幸福的人只需要一点,那就是意识到自己已经如此。通常我们聊着聊着,就会有女孩四处张望,发现她的牛跑进了谷仓,然后她们就都像长了翅膀一样跑开。而我不像她们那么敏捷,所以只好留下来,当看到她们赶着牲畜回家时,我知道是时候回去了。晚饭后,我走进花园,坐在小河畔,思念着你能在我身边……

可以肯定她具备成为作家的潜质。但她说:"我哪怕两个星期不睡觉也不会做这种冒险的事。"——我们发现即使是一个有很强写作天赋的女性都觉得女性写书很荒谬,甚至是精神不正常的,我们能从中深切感受到社会对女性写作的反对态度。我把多萝西·奥斯本的书信集放回书架上,接下来看看贝恩太太的书吧。

有些孤独的贵妇人只为娱乐自己而写作，她们的书没有读者也没有人批评。我们跟随贝恩太太转过了一个很重要的弯，让我们可以把这些书通通丢在花园里，走上街与普通人摩肩接踵。贝恩太太是一位中产阶级女性，身上具有幽默、活泼和勇敢等平民的美德。她的丈夫去世了，她自己经历了一些不幸的冒险，被迫靠自己的才智谋生，必须像男人一样工作。她通过艰苦的劳作挣到了足够的生活费。这个事实的重要性胜过了她写的一切作品，甚至是那两首精彩的诗《一千次殉道》和《爱在神奇的胜利中》，因为她从此获得了精神的自由，或者更确切地说，随着时间的推移，她逐渐可以按照自己的精神的喜好自由地写作。因为阿芙拉·贝恩夫人已经实现了这一点，女孩们便可以告诉父母："不用给我钱，我可以靠写作挣钱。"当然，多年以来她们得到的回答仍然是："是啊，要是你活成阿芙拉·贝恩夫人那样还不如死了！"随后"砰"地摔门而去，摔得比以往更狠。说到这里，我们有必要深入讨论一下这个相当有趣的话题，就是男人对女人贞洁的价值观，以及对女性教育产生的影响。如果格顿或纽汉姆的学生有兴趣深入研究这个话题，他们可能会写出一本很有趣的书。卷首插图可以用这样一幅画面：珠光宝气的达德利夫人被蚊虫包围，坐在苏格兰的沼泽地里。达德利夫人去世那天，《泰晤士报》发表了一篇文章，称达德利勋爵是"一位有教养且硕果累累的人，他仁慈、慷慨，却不可理喻地专横。即使是在偏远高地的狩猎小屋里，他也坚持要求妻子盛装打扮，并给她戴满华丽的珠宝"，"他给了她一切，但唯独不给她负责任何事情的权力"。后来有一天，达德利勋爵中风了，夫人对他悉心照料，并以极高的能力管理着他的领地。这种古怪的专横在十九世纪也依然存在。

然而，让我们回归正题。阿芙拉·贝恩证明了写作可以赚钱，尽管可能会牺牲某些令人愉悦的品质。因此，写作渐渐摆脱了愚蠢和精神错乱的标签，而变得具有重要的实用意义。人们可能会遇到各种困难，例如丧偶或家庭遭受灾难。于是随着十八世纪的来临，数百名女性开始通过翻译或写小说来赚钱给自己零花或补贴家用。这些小说没有被载于教科书，而是被摆在查令十字街的廉价书摊上。女性在十八世纪末期的脑力活动领域相当活跃,她们会讨论、聚会、写文章评论莎士比亚、翻译经典著作等,这都建立在一个坚实的事实基础上,那就是女性可以通过写作赚钱。金钱让曾经愚蠢的行为崇高了起来。人们可能依然会嘲笑她们是"乱写乱画的女才子",但无法否认她们通过写作赚到了钱这个事实。因此,在十八世纪末期出现了一种变化,如果我能重新书写历史,我会更详细地描述这种变化,在我眼中它比十字军东征或玫瑰战争更为重要。

中产阶级女性开始写作了。如果《傲慢与偏见》《米德尔马契》《维莱特》《呼啸山庄》很重要,那么女性普遍参与写作这件事就更加重要,要证明这一点的话一个小时的演讲时间是说不完的。总之,没有这些先驱,就没有简·奥斯丁、勃朗特姐妹和乔治·艾略特。就像没有那些无名诗人就没有乔叟,没有乔叟就没有马洛,没有马洛就没有莎士比亚一样。那些无名的先驱诗人驯服了语言的野蛮本性,为后来者的创作铺平了道路。伟大的作品从不是独立的产物,它们是众人历经漫长岁月思考后的结晶,因此,这些个别声音的背后是大众的支持。简·奥斯丁应该向范妮·伯尼的坟墓献上花环,乔治·艾略特应该向伊莉莎·卡特的巨大影响致敬——这位坚毅的老妇人在床头系了个铃铛,以便每天提醒自己早起学习希腊语。所有女性都应该让阿芙拉·贝恩的坟墓铺满鲜花,她被葬在威斯敏斯特教堂,这虽然让人惊愕却也很恰当,因为正是她为所有女性赢得了发表意见的权利。正是她——虽然有着拈花惹草的坏名声——让我今晚对你们发表的言论不至于不切实际:每年挣五百英镑吧,用你们自己的智慧。

看向十九世纪初的作品,我第一次发现有几个书架是专门用来放女性作品的。但是当我仔细打量之后,不禁发出疑问,为什么几乎全是小说呢?最原始的创作冲动应该是写诗。"诗歌至尊"是位女诗人。无论在英国还是法国,女性诗人的出现都要早于女性小说家。我看着这四个家喻户晓的名字,心想乔治·艾略特和艾米莉·勃朗特有什么共同点?夏洛蒂·勃朗特不是完全不能理解简·奥斯丁吗?有一个可能相关的共同事实,那就是她们都没有孩子,但除此之外,这四个完全不同的人恐怕不可能聚在一个房间里,以至于人们实在好奇如果她们能见面谈话将会是怎样的一番光景。却不知为何,她们最开始写的都是小说,这与她们都出身于中产阶级有关吗?还是与艾米莉·戴维斯小姐揭露的,十九世纪初的中产阶级家庭只有一间起居室的情况有关?这意味着女性要写作,就只能去共用的起居室。正如南丁格尔小姐的激烈抗议——"女性从来没有半个小时……可以为自己所用"——她们总是受打扰。毕竟,写散文或小说比写诗或戏剧更简单些,对专注力的要求没那么高。简·奥斯丁直到去世都是在这种状态下写作的。"她是如何做到的,"她的侄子在回忆录中写道,"太令人惊讶了,她没有专门的书房,大部分写作都必须在大客厅完成,各种偶然因素都在干扰她。为了不引起仆人、客人或者家庭成员以外的人的怀疑,她得多小心啊。"简·奥斯丁通常都会把手稿藏起来,或者用一张吸墨纸盖住。重申一下,在十九世纪初,女性能做的文学方面的训练就只有观察别人的性格、分析别人的情感。几个世纪以来,她们的感情训练都在一间共用的客厅里进行。人物情感烙印在她们的心里,人物关系从未逃离她们的双眼。因此,当中产阶级女性开始写作,她们自然而然地写起了小说,即便这四位中有两位并非天生的小说家——这是显而易见的。艾米莉·勃朗特本应写诗歌、戏剧,而乔治·艾略特若是把创作的热情挥洒到历史或传记上,她那宽广的思维才能得以发挥。但她们还是写了小说,我甚至可以更进一步说,她们都写了好小说。我从书架上取下《傲慢与偏见》。为了避免自吹自擂,也为了避免让异性痛苦,我们可以说《傲慢与偏见》是一本好小说。最起码,如果被人发现你写的是《傲慢与偏见》,你是无须羞愧的。不过,简·奥斯丁却很庆幸家门的铰链会吱吱作响,这样她可以在有人进来之前藏起手稿。对简·奥斯丁来说,写《傲慢与偏见》并不光彩。我很好奇,如果简·奥斯丁不必隐藏自己的创作,那么《傲慢与偏见》会是一本更好的小说吗?我翻了一两页,但没有发现书里有任何受到创作环境影响的痕迹。这也许是这本书最大的神奇之处吧。在一八〇〇年左右,一个女人的写作,没有怨恨、痛苦、恐惧、抗议或说教。我看了看《安东尼与克莉奥佩特拉》,心想,莎士比亚的写作就是如此,当人们把莎士比亚和简·奥斯丁相提并论时,往往会说他们的精神同样克服了种种阻碍。因此,我们不能真正了解简·奥斯丁,一如我们不了解莎士比亚,也因此,简·奥斯丁充斥在她的字里行间,莎士比亚亦是如此。如果简·奥斯丁在任何方面受到了环境的困扰,那就是她所处的生活偏狭隘。一个女人独自外出是不可能的。她从未旅行过,从未坐过伦敦的公共汽车,也从未单独在餐厅里吃过午餐。但或许简·奥斯丁的本性就是不需要她没有的东西。她的天赋可以完全契合环境。但我怀疑夏洛蒂·勃朗特是否也如此。于是,我把《傲慢与偏见》放在了一旁,翻开《简·爱》。

我翻到第十二章,目光被一句话吸引住了,"谁爱责备我就责备我吧"。我想知道,他们在责备夏洛蒂·勃朗特什么呢?我读到简·爱在费尔法克斯太太做果冻时爬上屋顶,俯瞰远处的田野景色,然后她渴望着——她正是因此而受到责备——

那时,我渴望拥有千里眼,渴望看到繁华的大千世界,看到那些听说过却从未见过的充满生机的城市和地区。我渴望更丰富的阅历,渴望与更多同类人交往、与更多在这里接触不到的性格各异的人相识。我珍视费尔法克斯太太和阿黛勒身上的优点,但我相信还存在着其他更丰富的善良友好,我渴望亲眼看看我坚信的东西。

谁责备我?肯定有很多人说我不知足。我控制不住,这种不安分是我的天性,有时我也会为此痛苦……

仅仅嘴上说人们应该满足于平淡是徒劳的:他们必须有所行动,即使找不到方向也会自己创造。有数百万人注定要经历比我更为沉寂的命运,同样有数百万人在向命运进行无声的反抗。没人知道在普罗大众中有多少起义正酝酿着。一般来说,女人应该是内心十分平静的,但她们也有和男人一样的感受。像她们的兄弟一样,她们也需要施展自己的才能,需要一项能为之奋斗的事业。遭受那些过于严格的束缚和过于绝对的控制时,她们也同男人一样会感到痛苦万分。那些享有特权的同类,认为她们只顾着做布丁、织袜子、弹钢琴、绣花就好,这种思想是狭隘的。如果她们有更多的追求、学到更多的知识,逾越了传统划定的范围,那些享受特权的人就会不假思索地谴责或嘲笑她们。

当我独自一人的时候,经常听到格莱斯·普尔的笑声……

这处转折很生硬。突然提起的格莱斯·普尔打乱了读者的思路,破坏了文章的连贯性。如果将这本书和《傲慢与偏见》放在一起比较,甚至有人会说,写下这几页的女作家比简·奥斯丁更有才华。然而,如果你重新读一遍这两本书,并标出其中生硬和愤慨的地方,就会发现,夏洛蒂·勃朗特从未完整地展现出自己的才华。她的作品变得扭曲不堪。她在本该平静之处用愤怒书写,在本该明智的地方用愚蠢书写,在本该描写角色之处却书写自己。她在与自己的命运作战。这样的她怎能不受阻、受挫,怎能不英年早逝呢?

我们不禁思索,如果夏洛蒂·勃朗特每年能有三百英镑的版权收入,如果她能在繁华的大千世界中开阔眼界,居住在充满生机的城镇和地区;如果她能有更丰富的阅历,能与更多的同类人交往,以及与更多性格各异的人相识,那么情况又会如何——但这个蠢女人以一千五百英镑的价格直接卖掉了她的小说版权。在那段话中,她不仅准确地指出了自己作为一名小说家的缺点,更是道出了所有女性的缺点。她最清楚不过,如果她的天赋没有被浪费在遥远田野上的孤独幻想中,而是能收获更多阅历、交往和旅行,将会得到更充分的发挥。但是这些都没能实现。我们必须接受这样一个事实——《维莱特》《爱玛》《呼啸山庄》《米德尔马契》这些出色的小说,都是由缺乏生活经验的女性写出来的,她们的生活经验最多只限于体面的牧师家庭,她们的写作场所通常是公共客厅,她们还相当贫穷,以至于没办法一次性购买写《呼啸山庄》或《简·爱》所需的纸张。的确,乔治·艾略特在历经磨难后逃离了这种生活,但只是逃到了圣约翰森林里的别墅里。她在那里安顿了肉身,但精神依然生活在世人的非议之下。"我希望人们能理解,"她写道,"我不会主动邀请任何人来探访我,除非他们主动要求。"这或许是因为她和一位有妇之夫同居,她不想因此伤害到史密斯太太或者其他人的名节。与此同时,欧洲的另一端却有一位年轻男子自由地与吉卜赛女子和贵妇人交往,投身战场,放荡不羁地体验各种人生经历,这些经历在他以后的写作中发挥了巨大作用。如果托尔斯泰与一位已婚妇女隐居在修道院中,"与所谓世界隔绝",那么无论这件事情在道德上多么有教益,我觉得他都几乎不可能写出《战争与和平》。

我们也许可以更深入地探讨小说创作和性别对小说家的影响。如果闭上眼睛,将小说视为一个整体,它似乎是一种与生活具有某种镜像相似性的作品,当然,其中充满了无数简化和扭曲。无论如何,它是一种在脑海中留下形状的结构,有时呈现方形,有时呈现宝塔形，有时延伸出侧厅和拱廊，有时紧凑成像君士坦丁堡的圣索菲亚大教堂那样的穹顶。我回想起一些著名小说，发现这种形状能够在人心中引起与之对应的情感。这种情感会立即与其他情感融合在一起，因为这个"形状"不是由石头和石头之间的关系构成，而是由人与人之间的关系构成的。因此，小说在我们内心引发了各种矛盾和对立情感。生活与非生活的东西发生了冲突。这就是为什么我们很难就小说达成任何共识，因为我们会受到个人偏见的极大影响。一方面，我们觉得主角约翰必须活下来，否则我们会深感绝望，另一方面，我们又觉得，唉，约翰，你必须死，因为剧情需要。生活与非生活的东西发生了冲突。然后，由于它在某种程度上是生活的一部分，我们将其视为生活。有人会说，詹姆斯是我最讨厌的那种人。或者说，这本书完全是在胡扯。但我自己从来没有过这种感觉。回想起任何一部著名小说，显然，它的结构都是无限复杂的，由那么多不同的判断和不同种类的情感组成。神奇的是，这样写出来的小说浑然一体，能长久流传，无论是对英国读者、俄国读者还是中国读者来说，它的意义都是相同的。这种浑然一体的小说偶尔才会诞生出一部，使这些作品（我想到的是《战争与和平》）如此严丝合缝的是一种正直的品质，这种正直并非指诚实守信或在危急时刻挺身而出。就小说家而言，正直的含义是坚信他传递的是真理。人们可能会觉得，我从未想过事情会是这样的；我从未见有人这样做过。但你已经让我相信，事情就是这样，它就是这样发生的。人们在阅读时会把每一句话、每个场景都置于光线下来审视——相当奇怪，自然似乎为人们提供了一种内在的光线，用以判断小说家正直与否。或许这样说更准确，大自然心血来潮地用隐形墨水在我们的心墙上勾勒出一种预感，而这些伟大的艺术家证实了这种预感，就像一幅速写终于在天才之火的映衬下得以显现。当我们看到它显露、复苏时，不禁欣喜若狂地呼喊：这正是我一直感受、确信和渴望的！我们激动不已，将它视作一本可以翻阅终生的珍宝，怀着近乎崇敬的心情合上书本，将其放回书架。我边想，边把《战争与和平》放回原处。如果是不具备这种品质的作品，那么其中那些华而不实的句子，可能会先凭借着鲜艳的色彩和激奋的姿态迅速而迫切地挑起我们的反应，但是随着发展，这种反应却停滞不前，似乎受到了什么东西的阻碍，又或者它没有为我们揭示任何完整图案，只是一些角落里的模糊痕迹和污点而已，这时我们会失望地叹息，又是一部失败之作，这部小说在某些地方失败了。

当然，大部分小说都可能在某些地方失败。想象力不堪重负，岌岌可危；洞察力模糊不清，难辨是非，创作小说是一项时刻都需要调动许多不同才能的艰巨工作，而到了这个地步，作者已经没有足够的力量继续进行了。然而，我看了看《简·爱》和其他小说，心想小说家的性别对于这一切又有何影响呢？性别会影响小说家的正直——被我视为作家核心支柱的正直吗？现在，从我引用的《简·爱》的段落中，我们可以清晰地看出，愤怒干扰了夏洛蒂·勃朗特作为小说家的正直。她脱离了她呕心沥血创作出来的故事，拘泥于某些个人的怨怼情绪。她想到自己被剥夺了本可以拥有的某些阅历——当她想自由地徜徉世界时,却被困在牧师住所里补袜子。我们可以感受到,她的想象力被愤怒和其他诸多因素推下了正轨,比如无知。罗切斯特先生的形象描绘于黑暗中,我们能够从中感受到恐惧的影响,就像我们常常感受到一种压迫下产生的酸楚,一种匿于激情下郁积着的痛苦,以及一种使这些优秀小说因痛苦而蜷缩的怨恨。

既然小说与现实生活有着这样的对应关系,那么它的价值也可以在一定程度上反映现实生活的价值。通常情况下,男性和女性的价值观存在明显的差异,这不足为奇。然而,男性的价值观却占据主导地位。略举两例,足球和体育就很"重要",而追求时尚和购买衣服则是"小事"。这种价值观不可避免地从生活中移植到了小说里。评论家们可能会认为,一本涉及战争的书是重要的,而一本描写女性在客厅中的情感的书则无足轻重——这种微妙的价值观差异无处不在。因此,在十九世纪初期,女性小说家的作品结构是由一套稍微偏离正道的思维构建起来的,她们为了迎合外部权威而改变了原本清晰的构思。只需粗略翻阅那些被遗忘的旧小说,听听它们的表达语气,就能看出作者在承受批评。她们的文字时而充满攻击性，时而又表示妥协。她们要么承认自己"只是个女人"，要么抗议说自己"不比男人差"。她们按照自己的性格来面对批评，有的温顺谦卑，有的愤怒强硬。这都不重要，重要的是她们的思想偏离作品本身。她们的书旨在给我们的头脑灌输思想，其核心存在缺陷。我想到那些散落在伦敦二手书店里的女性小说，就像果园里有瑕疵的苹果一样。使它们腐烂的正是其核心的缺陷。这些女性小说家为了迎合他人意见而改动了自己的价值观。

然而，女性作家不被左右动摇是完全不可能的。在那种纯粹的父权社会中，面对那么多的批评，毫不退缩地坚持自己的观点，得需要何种的天资和正直品质啊。只有简·奥斯丁和艾米莉·勃朗特做到了。这是她们的一项成就，也许是最伟大的一项。她们以女性的方式写作，而不是以男性的。在那个时代成千上万的女性小说家中，只有她们能够彻底无视老学究们的反复告诫——你必须这样写，你必须那样想。只有她们能对那个顽固的声音充耳不闻，那个声音时而怨气满腹，时而居高临下，时而盛气凌人，时而唉声叹气，时而勃然大怒，时而如长辈般亲切叮咛，让女性没有片刻安宁，就像一位过于严肃的女教师，命令她们要有埃杰顿·布瑞格爵士那样的教养。这些声音甚至在批评诗歌时也要扯上性别问题，告诫女性要想守规矩，想赢得某种丰厚的回报，就必须保持在某些绅士认为合适的范围内——"女性小说家若想追求卓越，就要勇于承认自己性别的局限性。"这一句话就把问题概括了。我接下来要告诉你的可能会让你大吃一惊，那就是这句话不是一八二八年八月写的，而是一九二八年八月写的，无论这句话现在你听起来多么可笑，但在一个世纪以前它是更加权威、更加掷地有声的主流观点——我并不想翻旧账，只是按部就班地讲。在一八二八年，一个年轻女性必须有非常坚定的意志，才能无视所有冷落、指责和利诱。她一定要在某种程度上像一个煽动者一样对自己说，哦，但是他们总不能把文学也买了。文学是向所有人开放的。就算你是学监，我也不允许你把我从草坪上赶走。图书馆的大门你想锁就锁，但没有一个锁头、大门、门闩能锁住我思想的自由。

但是，无论挫折与批评对她们的写作产生了何种影响——我相信影响相当巨大——与她们（我仍在想那些十九世纪初期的小说家）面对的另一个困难相比，这些都不重要。当她们开始将思想付诸纸笔时，她们就要面临没有传统支持的巨大困境，或者说短暂而有限的传统对她们没多大帮助。女性只能通过自己的母亲来回顾。尽管那些男性作家可以带给我们很多快乐，但我们无法向他们求助。兰姆、布朗、萨克雷、纽曼、斯特恩、狄更斯、德昆西——无论是谁——对女性都没有帮助，尽管女性可以从他们那里学到一些技巧并加以运用。男性思想的重量、节奏和步调与女性相去甚远，女性无法从他们身上获得任何实质性的帮助。她们提笔时发现的第一件事，可能是找不到现成的通用句式。所有伟大的小说家，如萨克雷、狄更斯和巴尔扎克，文章都写得行云流水，洗练但不粗疏，有表现力但不做作，极具个人特色，同时又受到大众喜爱。他们就是根据当时的通用句式去写的。十九世纪初期的通用句式大致是这样的："他们作品的伟大之处，在于它不是浅尝辄止，而是一往无前。使他们收获最大激情和满足的，莫过于运用艺术和无限传承的真理与美。成功激发努力，习惯促进成功。"这是一个男性的句式，我们可以从中看到约翰逊、吉本等人的影子。这种句式不适合女性使用。纵使文采出众如夏洛蒂·勃朗特，拿起这个笨重的工具，也跌跌撞撞地倒在了地上。乔治·艾略特用它落下了一个文笔匮乏的骂名。而简·奥斯丁看着它笑了笑，然后设计出一种适合自己使用的自然、优美的句式，并一直沿用了下去。因此，尽管她的写作天赋不如夏洛蒂·勃朗特，但表达更加充实。事实上，自由和表达的充实正是艺术的精髓，如此缺乏传统和工具，必然会对女性写作产生巨大影响。此外，一本书并不是由首尾相接的句子串联而成，而是由句子建造而成的，用画面来形容的话，就像建造拱廊或穹顶一样。而这个形式也是男性根据自己的需求和用途创造的。我们没有理由认为史诗或戏剧这种形式要比这些句式更适合女性。可当女性成为作家时，所有古旧的文学形式都已固化定型。只有小说还足够年轻，在女性作家手中有一定的可塑性，这也许就是女性选择小说的另一个原因。然而，即便是"小说"（我给它加上双引号以表示我认为这个词并不完全贴切）这个当今最灵活的文学形式，谁又能断言它就是最适合女性使用的呢？当女性可以大展拳脚时，她们无疑会塑造出更适合自己的文学形式，创造出一些新的载体来表达她们心中的诗意，不一定用韵文的形式。因为她们心中的诗意始终没有找到出口。我接着琢磨，如今的女性会如何写一出五幕诗体悲剧呢，是用韵文还是更倾向于用散文呢？

但这些都是深藏于模糊未来的困难问题，我必须放下它们，不然它们会把我带跑题，让我迷失在无路可走的森林里，很有可能被野兽吞噬。我不想，我相信你也不想让我触及那个非常令人沮丧的话题，即小说的未来。因此，我会在这里稍作停顿，提醒你在未来对女性而言，身体条件一定是发挥重要作用的。书籍一定会在某种程度上适应于人体，冒昧地说，女性的书应该比男性的更简短、紧凑，结构更明了，这样她们就不需要长时间地集中注意力和持续地写作了。

毕竟她们总会受到干扰。而且男性和女性供给大脑的神经似乎有所不同，如果要让他们达到最佳、最投入的状态，得找到适合他们的方式才行——例如，数百年前僧侣们设计的这种长达数小时的讲座是否适合他们——他们需要怎样的张弛有度，所谓"弛"并非无所事事，而是做些不同的事情，那么什么才是不同的事情呢？这些问题都需要我们去讨论和探索，因为它们都是女性与小说这个话题的一部分。可是，我再次来到书架前，该到哪儿找一本由女性撰写的关于女性心理的详细研究呢？如果因为女性不能踢足球就不允许她们从事医学——

幸运的是，我的想法现在又有了新的转变。

五

在我漫无目的地游荡的过程中，我最终来到了陈列着当代作家作品的书架前，其中有女性的书，也有男性的书，两者数量几乎持平了。这个说法可能也不完全准确，因为男性依然更加乐于表达，但至少可以肯定，女性已经不再只写小说了。书架上有简·哈里森写的希腊考古学书、弗尔农·李写的美学书、格特鲁德·贝尔写的关于波斯的书。有很多主题都是上一代女性无法触及的，她们写诗歌、戏剧、文学评论，写历史和传记、游记、学术和研究方面的书，甚至还写了几本关于科学、经济学和哲学的著作。尽管小说仍占大部分，但由于与其他不同类型书籍的联系，它

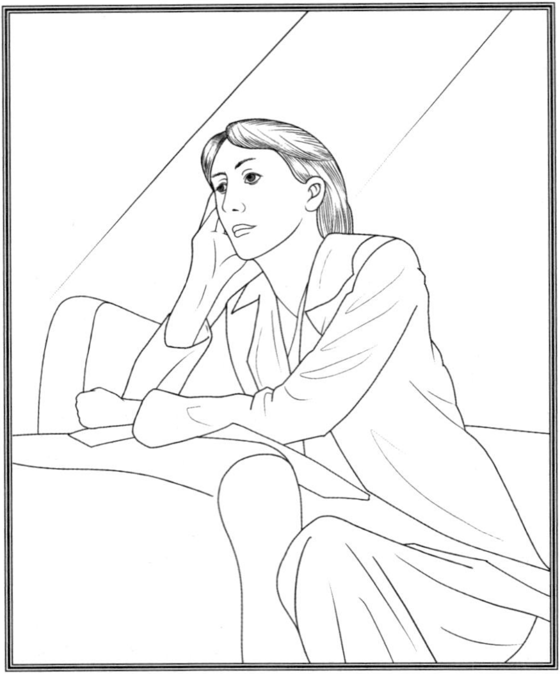

的本质已经发生了变化。天然质朴的写作时代或许已成过去，阅读和批评使女性具备了更广泛的视野和更高的敏锐度。记录自己的冲动已经被消磨殆尽，她们开始将写作视为一门艺术，而不仅仅是一种自我表达的方法。在这些新的小说中，我们也许可以找到一些答案。

我随机从书架的最边上拿了一本，是玛丽·卡迈克尔写的《人生的冒险》，或其他类似的书名，刚好是今年十月才出版的。这可能是她的第一本书，我自言自语道，但我们必须把它当作一个漫长系列的最后一卷来读，它是我之前读过的那些书的延续——像温切尔西伯爵夫人的诗歌、阿芙拉·贝恩的戏剧和那四位伟大小说家的小说。尽管我们习惯于独立地评判每一本书，但它们是有延续关系的。因此，我必须把她——这位不知名女作家——视为前面作家的后人，看她继承了她们的哪些特点和局限。因此，我叹了口气，因为小说对人来说往往只是一种镇静剂而不是解药，它只是使人陷入麻木的沉睡，而不是用灼热的烙铁将人唤醒。我拿着笔记本和铅笔坐下来，开始尽我所能地去理解玛丽·卡迈克尔的第一本小说《人生的冒险》。

我先是上下扫视了一番。我得先理解她的遣词造句,然后再去记住克洛伊和罗杰的眼睛是蓝色还是棕色的,以及他们之间有什么关系。我要先确定作者手里拿的是一支笔还是一把镐,之后再考虑这些也不迟。所以我试着念了一两句话。我立马就明显感觉到有些不太对劲。句子之间的平滑过渡被打断了。书中有些东西被撕裂了,有些东西被划伤了,有一个词在我眼前闪着火光。她"放开了"自己,这种用词就像过去的戏剧。我觉得她就像在划一根点不着的火柴。我问她为什么,仿佛她就在我面前,是简·奥斯丁的句子不适合你吗?难道因为爱玛和伍德豪斯先生死了,那些句子就都要去陪葬吗?唉,我叹了口气,应该就是这样。简·奥斯丁做出了一段段旋律,就像莫扎特谱出了一首首歌曲,而读这段文字就像是在海上乘坐一艘敞篷船,起伏不定。文字中的这种简练、这种急促,可能意味着她在害怕什么,可能是害怕被称为"多愁善感";可能她想起人们说女性的写作花里胡哨，于是给自己这朵花附上了过多的刺。但我得仔细阅读一段之后才能确定她是在做自己还是在做别人。在更认真地读了一段之后，我觉得最起码她不会打消人的阅读热情。但她堆砌的事实太多了，占据了这本书足足一半的篇幅（这本书的篇幅大约是《简·爱》的一半）。不过，她还是以某种方式成功地让所有人——罗杰、克洛伊、奥莉维亚、托尼和比格姆先生——都乘上了一条顺流而下的小舟。请稍等，我想了想，然后靠在椅背上。我得把整件事情更认真地思考一遍，才能继续下一步。

我几乎可以确定玛丽·卡迈克尔是在耍我们，我对自己说道。因为我感觉像是在坐过山车，在你以为下坡的时候陡然上升。玛丽是在篡改我们预期的顺序。她先是打乱句子，现在又打乱顺序。如果她这样做不是为了破坏，而是出于创作的目的，很好，她完全有权利这样做。直到她面对一个情景之前，我都无法确定她到底是出于何种目的。我让她完全自由地选择这个情景，只要她乐意，用锡罐和旧水壶来构建这个情景也行，但她必须让我相信她自己认同这个情景,而她创造了这个情景之后,就必须面对它。她必须投入。如果她履行了作家的职责,那么我也会履行读者的职责,就这样我翻开了下一页……很抱歉突然中断。这里没有男人吧?你保证查尔斯·拜伦爵士没藏在那块红色帐幕后面吧?在场的都是女的对吧?既然如此,我要告诉大家,我接下来读到的是:"克洛伊喜欢奥莉维亚……"别惊讶,别脸红。我们不妨私下承认这种情况确实时有发生。有时候,女人就是会喜欢女人。

"克洛伊喜欢奥莉维亚。"我读到。然后我意识到这是一个多么巨大的变化。也许这是文学史上克洛伊第一次喜欢上奥莉维亚。克莉奥佩特拉并未喜欢奥克塔维亚。如果她们之间产生了好感,《安东尼与克莉奥佩特拉》的故事将会被彻底颠覆!我让思绪稍微离开《人生的冒险》,我觉得这件事被简单化、惯例化了,说得再直白点,荒谬至极。克莉奥佩特拉对奥克塔维亚唯一的感情就是嫉妒。她比我高吗?她的发型怎么样?也许这出戏不需要更多的表现。但如果两个女人之间的关系更加复杂,那该多有趣啊。我迅速回想起恢宏的虚构长河中的女性形象，发觉所有女人之间的关系都太简单了。有太多东西被遗漏、太多东西没被尝试了。我试图回忆在我的阅读过程中，是有两位女性被描绘成朋友关系的案例。在《十字路口的狄安娜》中有过尝试。当然，在拉辛的悲剧和古希腊悲剧中，女性可以是密友，有时是母女关系。但她们几乎无一例外地，都是以男性的关系为背景。这太奇怪了，想到在简·奥斯丁时代之前，所有小说中的伟大女性形象都是通过另一个性别的视角呈现，并且只是以与另一个性别的关系为背景的，这在女性的生活中只占多么微小的一部分啊，而当男性戴着有色眼镜看待性别时，他对这一点的了解又是多么有限啊。也许正是因此，小说中的女性才都性格特殊，她们的美丽或丑陋都是惊人地极端，她们交替于天堂般的善良和地狱般的堕落之间——因为在爱情中的男人对女人的看法会随着他的感情和幸福程度的起伏而发生变化。当然，十九世纪的小说家并非如此。在十九世纪的小说中，女性的形象变得更加复杂和多样化。事实上，也许正是书写女性的渴望让男性逐渐放弃了过于激烈的戏剧，转而设计了小说这个更合适的形式。可即便如此，从普鲁斯特的作品中我们仍然可以明显看出，男性对女性的了解就如女性对男性的了解一样，是非常片面和局限的。

我再次低头看了看这页，还有一个趋势愈发明显，就是女性和男性一样，除了日常的家务之外也会有其他的兴趣爱好了。"克洛伊喜欢奥莉维亚。她们共用一间实验室……"我继续读着，发现这两个年轻女孩正在切肝脏，这似乎是一种治疗恶性贫血的方法，尽管其中一个已经结婚，并且——我想我没说错——还有两个小孩。然而，小说中的女性形象过于单调，因为她们的生活经历和兴趣爱好很难被呈现出来。试想一下，如果在文学作品中，男性只能作为女性的情人出现，而不能是其他男性的朋友，不能是士兵、思想家、梦想家，那么莎士比亚的戏剧中，男性角色就会少之又少，文学将会受到重创！奥赛罗也许还能剩下一大部分，也能看到一部分安东尼，但恺撒、布鲁图斯、哈姆雷特、李尔王、杰奎斯他们就彻底消失了——文学将贫乏至极。事实上，文学已经因为将女性拒之门外而出乎意料地贫乏了。被逼着结婚，整天待在同一个房间里做着同样的事，剧作家们要怎么完整、有趣、真实地描绘这样的女性形象呢？爱情成了对女性的唯一一种诠释。诗人不得不满怀激情或苦涩，除非他选择"仇恨女性"，而这往往意味着他对女性没有吸引力。

现在，如果克洛伊喜欢奥莉维亚，并且她们共用一间实验室，那么个人的成分就会更少，这会使她们的友情更加多样化且持久；如果玛丽·卡迈克尔知道如何写作，我已经开始中意她文风中的一些特质了；如果她有一间自己的房间，这个我不太确定；如果她每年都有五百英镑——这一点还有待考证——那么我认为一件十分重大的事情发生了。

因为如果克洛伊喜欢奥莉维亚，而玛丽·卡迈克尔知道如何表述这种情感，那么她将在那从未有人踏足的巨大房间里点亮一支火炬。那里明暗参半、阴影深邃，仿佛人们手持蜡烛进入了蜿蜒的洞穴，四下环顾，不知身在何处。我接着读这本书，读到克洛伊看着奥莉维亚把一个罐子放在架子上，并说现在该回家照顾孩子了。我惊呼,这是有史以来从未见过的景象。我也满心好奇地观察着。因为我想看看玛丽·卡迈克尔是如何着手捕捉那些从未被记录过的神态、那些没说出口或说了一半的话的。这是只有女性的场景,没有男性那多彩多变的光芒的投射,她们的对话和动作就形成了,就像天花板上飞蛾的影子一样隐晦。接着往下读,我觉得她得屏息凝神才能做到这一点,因为女性对任何没有明显动机的事情都充满猜疑,她们太习惯隐藏与压抑了,只要有目光投向她们,她们就会走开。仿佛玛丽·卡迈克尔在场一样,我对她说,你唯一的办法就是聊点别的事,同时要目不转睛地望着窗外,然后用最快的写法、最简短的话语记录,记下奥莉维亚这个几百万年来因于巨石阴影之下的生命——感受到光线的降临,看到新奇的食物的来临——那是知识、冒险和艺术。然后她伸手去抓,我边想,边再次把目光从书上挪开,她的才能为了其他目的而高度发达,现在她不得不设计出一种全新的组合,以便在不影响整体上无限复杂和精细的平衡的情况下,让新的才能融入旧的才能。

但是呢，唉，我做了一件本来决定不做的事，不经意间陷入了对自己性别的赞美之中。"高度发达""无限复杂"——这无疑是赞美的话，而对自己的性别的赞美往往是愚蠢的行为，会惹人怀疑，我们要如何证明呢？我们不能拿出地图说哥伦布发现了美洲，而哥伦布是女的；或者拿一颗苹果说牛顿发现了万有引力定律，而牛顿是女的；或者抬头看飞机从头顶飞过，说飞机是女人发明的。没有一个墙上的标记是用来给女性量身高的。没有一把精确划分出英寸的码尺，可以用来衡量一个好母亲的品质、一个女儿的付出、一个姐妹的忠诚，或者一个家庭主妇的能力。即使在现代，也很少有女性能在大学里获得成绩，她们也几乎没有机会参与职业领域中的重大考验，比如陆军和海军、商业、政治和外交。即使在当下，她们仍然几乎默默无闻。但是，如果我们想了解一个男性的成就，比如霍利·巴茨爵士，只需查阅《柏克氏贵族系谱》或《德布雷特氏贵族名鉴》，就可以了解到他曾获得的学位，曾拥有一座府邸，有一位继承人，曾任某委员会的秘书，曾代表英国入驻加拿大，曾获得种种官职、勋章和其他荣誉,这些功绩都不可磨灭地镌刻在他身上。对他了解更多的恐怕只有上帝了。

因此,当我对女性发表"高度发达""无限复杂"一类的说辞时,没有任何文献能够印证我的话。身处这种困境,我能做点什么呢?我又看向书架,那里码着许多传记:约翰逊、歌德、卡莱尔、斯特恩、库珀、雪莱、伏尔泰、布朗宁等。我想到那些赞赏、追求、信任、记录、依赖女性的伟大人物——他们出于某种原因表现出了对女性的某种需求和依靠。我不敢断言这些关系都是柏拉图式的,但如果一味认定他们从这些关系中得到的只有安慰、奉承和肉体上的快乐,那也是对这些伟大人物的一种莫大的冤枉。他们显然得到了某些从同性身上无法得到的东西,我们来进一步定义这种东西吧,客观起见,就不引用诗人们那些夸张的诗句了,这种东西显然是某种激励,是只有异性才能赋予他们的创造力的复兴。我想,当他打开客厅或儿童房的门时,也许会看到孩子们对她促膝环绕,也许她膝上放着一块刺绣——总之她是某种不同生活秩序和系统的中心,而这个世界与他自己的世界（可能是法庭或下议院）之间的对比将立即使他焕然一新、恢复活力，甚至简单聊天中产生的意见分歧，也会滋养他枯竭的思想。看到她以与他完全不同的方式进行创作的景象，会极大地激活他的创造力，使他那刻板的思维不经意间开始重新构想，当他戴上帽子去拜访她时，就会找到缺失的词句或场景。每个约翰逊都有自己的斯雷尔夫人，并出于诸如此类的原因对她紧抓不放，当斯雷尔夫人嫁给她的意大利音乐教师时，约翰逊气恨交加，几乎要疯了，不仅是因为他将错失在斯特里汉姆的愉快夜晚，也是因为他生命中的光芒"仿佛熄灭了"。

即使我们并非约翰逊博士、歌德、卡莱尔或伏尔泰这样的伟大人物，也能感受到女性身上复杂的天资和强大的创造力。只是走进房间，便穷尽了语言，一个女人要描述出她进房间时的所见所闻，那么所有的词语都要打破常规地涌现。房间千差万别：有的平静，有的轰鸣；有的面向大海，有的恰恰相反，面向监狱的院子；有的晾着洗好的衣物，有的满是宝石和绸缎；有的坚硬如马鬃，有的轻柔如羽毛。随便走进街上的一个房间，都会有一股错综复杂的女性力量扑面而来。不然怎么办？女性在屋里坐了数百万年，如今她们的创造力渗透了墙壁，事实上，这种创造力已非砖石泥浆所能承载，它必须通过笔墨和画刷，到商业和政治中去发挥自己。而这种创造力与男性的创造力大相径庭，它脱身于几个世纪以来最严苛的规训，无可取代，人们必须认定，如果这种能力被阻碍或浪费，那将造成巨大的遗憾。如果女性的写作、生活甚至外貌都与男人别无二致了，那得多叫人扼腕叹息啊。世界浩瀚无垠、包罗万象，两种性别都显得远远不够呢，只剩一种性别怎么行？难道教育不应该是求异而非趋同吗？我们已经有太多相似之处了，如果一个探险家凯旋，带回了另一种性别的文字，透过不同枝杈望见了另一片天空，那他将是人类最大的功臣。届时最让人捧腹的事应该就是，看着某教授为了证明自己"高人一等"而兴冲冲地拿出测量尺了。

我的思绪依旧盘旋在书页上方，心想，玛丽·卡迈克尔是仅从一名观察者的角度来进行写作的。我担心她没有成为一位思想家，而是被诱导成为一种我认为很无趣的人——自然主义小说家。有那么多的新鲜事物需要她去观察。她将不再局限于中上层阶级的体面住宅。她将以友爱的精神，而不是发善心或屈尊俯就的态度，进入那些气味馥郁的小房间，那里坐着娼妓、荡妇和带着巴哥犬的女人。她们仍然身着粗糙的成衣，那是男性作家硬披在她们肩上的。但是，玛丽·卡迈克尔拿起剪刀，将每一个不得体之处裁至修身，展现出她们的真实面貌，那将是一幅奇景。但我们还得等一等，因为玛丽·卡迈克尔仍受自我意识的拖累，止步于"罪恶"面前，这是我们性别野蛮的遗物。她脚上仍然套着粗劣的阶级的旧镣铐。

然而，大多数女性非娼非妓，也不会整个夏日午后都抱着巴哥犬坐在落灰的天鹅绒上。那么她们会做什么呢？我的脑海中浮现出一条熙熙攘攘的长街，位于河流南边。有一位年迈的老妇人在一位中年妇女的搀扶之下穿过街道，那位中年妇女也许是她的女儿，两人都穿着体面的靴子和皮草，她们一定视下午的穿着打扮为一种仪式，到了夏天，她们会把这件衣服和樟脑丸一起放入衣柜，年复一年。她们在街灯亮起时穿过街道（因为黄昏是她们最喜欢的时间），年复一年。老妇人年近八十，可如果有人问她，人生对她来说意味着什么，她会说起回忆中巴拉克拉瓦战役进行时街道灯火通明，以及爱德华七世诞生时海德公园鸣放的炮声。但如果有人想借由季节或日期来确定那个时刻，比如问她在一八六八年四月五日或一八七五年十一月二日做了什么，她会茫然地说她什么都不记得了。因为她每一天都做了晚饭，洗了杯盘，送孩子上学，然后他们再远走世界。什么都没留下。一切都消失了。没有传记或历史对此有过一个字的记录。而小说，则无意却也无可避免地撒谎了。

数不尽的无名人生都有待记录，我对玛丽·卡迈克尔说，仿佛她就在这儿。而我的思绪穿过伦敦的街道，感受着无言的压力，未被记录的人生层层堆叠，有在街角双手叉腰的女人，戒指嵌进臃肿的手指，说起话来比比画画，像在念莎士比亚的台词；还有那些在门口定点卖紫罗兰、卖火柴的女人和老妪；还有游荡漂泊的女孩，她们的面容变幻如太阳或云朵下的波浪，显示出男男女女的到来和橱窗里闪烁的灯光。我对玛丽·卡迈克尔说,这一切你都将要探索,牢牢握紧你手中的火炬。首先,你要照亮自己的灵魂,照出它的深刻和肤浅,它的虚荣和慷慨,然后道出你的美丽或平凡于你而言意味着什么。这个世界变幻莫测,手套、鞋子和各种物件在淡淡的香气中上下摆动,淡淡的香气从瓶瓶罐罐中溢出,弥漫在铺设着人造大理石地板、拱廊之下的衣料市场之间,你要道出你与它们之间的关系。我在想象中走进了一家商店,地板黑白相间,周围挂满了彩带,美轮美奂。我想玛丽·卡迈克尔若是路过,也许会驻足观赏,因为这是一幅适合用笔描绘的景象,就像安第斯山脉上的每一座雪峰或每一道峡谷。还有一个女孩站在柜台之后——比起拿破仑第一百五十个传记、济慈第七十个研究,或老 Z 教授等人正在写的弥尔顿式倒装句法的著作,我更想了解她的真实经历。于是我小心翼翼地走过去,踮起脚(我真是胆小极了,我太害怕曾经差点就落在自己肩上的鞭笞了),低声说,她也应该学会对另一性别的虚荣——或者说特点吧,因为这样说没那么得罪人——不存芥蒂,付之一笑。因为每个人的后脑勺都有一块一先令大小的地方是自己永远看不到的。两种性别之间可以互相协助的一点，就是描述对方的这块盲区。想想看，有多少女人从尤维纳利斯的评论和斯特林堡的批评中受益。想想自古以来为女性指出盲点的男性，他们是多么仁慈和睿智啊！如果玛丽非常勇敢和真诚，她就会走到男性身后，向我们讲述她的发现。除非有女性能把那块一先令大小的盲区描述出来，否则男性的真实形象将永远无法被完整地描绘。伍德豪斯先生和卡索邦先生就是那样的盲区。当然，任何头脑清醒的人都不会劝她存心蔑视或嘲笑他人——文学表明，本着这种精神写出的东西都是无用的。真实些，结果就必然妙趣横生，幽默必然会充盈。必然会发现新的事实。

不过，是时候把目光再次移到书页了。与其猜测玛丽·卡迈克尔会写什么，不如看看她实际写了什么。我记得我对她有些怨言，因为她打破了简·奥斯丁的句式，让我无法炫耀自己无可挑剔的品位和挑剔的耳朵。"是啊，是啊，写得真好，但简·奥斯丁比你写得好多了。"当我不得不承认她们之间全无相似之处时，再这么说就毫无意义了。而且她还更进一步，打破了顺序——我们预料之中的顺序。也许她不是故意的，只是让事情按照自然顺序发展。但其效果令人费解，人们从中看不到浪潮的堆积、危机的来临。因此我那引以为傲的情感深度和对人心的深刻认识也无用武之地。每当我要在惯常之处感受到惯常的爱、死亡一类的东西时，这个烦人的家伙就会把我拽走，仿佛重点还在稍远的地方。因此我那些铿锵有力的、围绕"基本情感""人性的共通之处""人心的深度"的术语也都说不出口，这类话语支持着我们的信念，即无论我们多么聪明，内心都是非常严肃、深刻和人道的。而她给我的感觉恰恰相反，她让我觉得，与其说是严肃、深刻和人道的，不如说——这种想法就远没那么诱人了——只是思想懒惰、墨守成规罢了。

但我还是接着读，并注意到一些其他事实。显然，她并不是一位"天才"。她没有像她的伟大前辈们——温切尔西伯爵夫人、夏洛蒂·勃朗特、艾米莉·勃朗特、简·奥斯丁和乔治·艾略特——那样对大自然有着深厚的热爱、炽热的想象力、狂野的诗意、出色的机智和深邃的智慧；她不能像多萝西·奥斯本那样以优雅和庄重的方式写作——事实上，她只不过是一个聪明的女孩，她的书在十年后毫无疑问会被出版商废弃。但是尽管如此，她拥有一些天赋远胜于她的女性（即便是半个世纪前）所不具备的优势，男性对她来说不再是"对立派"；她不必再浪费时间指责他们；她不必再爬上屋顶，渴望旅行、阅历、了解世界和人。恐惧和仇恨几乎消失了，或者只在对自由的喜悦略微夸张、在对异性的处理上更倾向于尖酸和讽刺而不是浪漫时，留下了一些痕迹。毫无疑问，作为一名小说家，她享有某种高级的天然优势。她拥有一种广泛、热切、自由的感情。它会对几乎无法察觉的细微触碰做出反应。它像一株刚露头的嫩芽，尽情享用着感受到的每一幅景象、每一阵声响。它还非常巧妙而好奇地漫游在不为人知或未被记录的事物之间。它发现了一些小事，然后证明了它们或许并不微小。它让埋藏的事物重见天日，让人们好奇这些东西是否有埋藏的必要。尽管她有些笨拙，没有悠久血统带来的自然流露的风度,不像萨克雷或兰姆那样笔尖一转就能令人赏心悦目,但是她——我开始思考——掌握了重要的第一课,以女性的身份写作,还是一位忘记了女性身份的女性,所以她的字里行间充满了一种奇特的性别特质,这种特质只有消去了性别意识才会出现。

这些都很好。但是,除非她能够从短暂和个人之中建立起不朽的大厦,否则丰富的感觉和细腻的感知都是无济于事的。我说过,我会等到她面对"一个情景"。我的意思是,我在等她用种种行动来证明自己并非只是浮于表面,而是深入本质。在某个时刻,她会对自己说,就是现在,我不需要牵强附会,就能展示出这一切的意义。然后她会开始动笔——那种加速是多么明显!——连那些快被遗忘的、在其他章节中被遗漏的、也许不值一提的小事,也浮现在她的记忆中。她会让它们的存在自然地被人们感受到,就像有人在做针线活儿或抽烟斗一样,而随着她笔下继续推进,人们会感觉自己仿佛登上世界之巅,俯瞰脚下世界的庄严。

无论如何,她是在尝试。我看到她接受考验,看到那些主教和院长、博士和教授、家长和教师都在向她大声建议和警告,你不能这样做,你不能那样做!只有研究者和学者才能走草坪!没有介绍信的女士不得入内!胸怀大志的优雅女作家请往这边走!我听到了,但我希望她没有听到。这些人像挤在赛马场围栏边上的人群一样围着她,她的试炼是在不左顾右盼的情况下跃过围栏。我对她说,如果你停下来咒骂,你就失败了,停下来笑,也一样会失败。犹豫或慌乱,你都会玩完。我恳求她只顾着跳,就好像我把所有钱都押在了她身上。她像鸟儿一样跃了过去,但那后面还有一道栏杆,再后面还有一道。我怀疑她能否挺住,因为掌声和呼喊都会让人神经紧绷。但她尽最大努力了。考虑到玛丽·卡迈克尔不是天才,只是一个在客卧两用的房间里写她的第一本小说的无名女孩,没有足够的时间、金钱和闲暇,我觉得她做得不差。

　　读着最后一章——有人拉开客厅的窗帘,满天星斗映照出人们的鼻梁和裸露的肩膀——我得出结论,再给她一百年吧,给她一间自己的房间和每年五百英镑,让她表达内心所想,并把现在写下的内容删掉一半,总有一天她会写出更好的书。她会成为一位诗人的,我说着,把《人生的冒险》放回书架最边上。再过一百年。

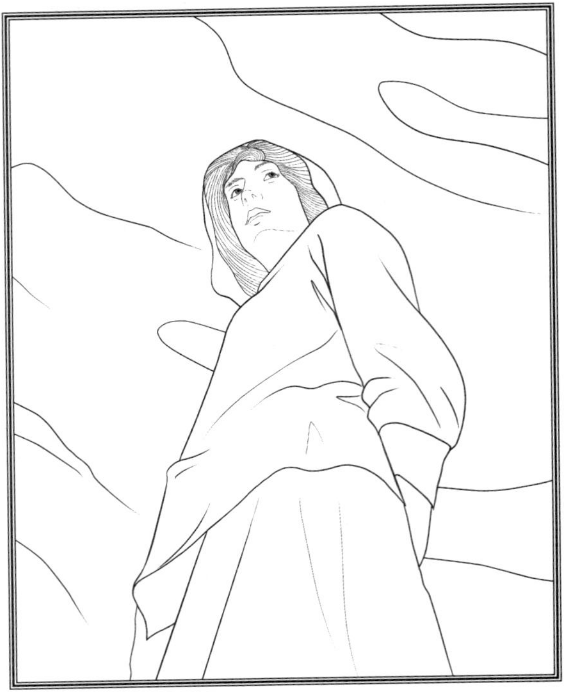

六

第二天,十月的晨光透过未遮掩的窗户洒下,微尘在光束中飞舞,街道上传来了车水马龙的嘈杂声。伦敦再次忙碌了起来,工厂运转起来,机器开始工作。读了那么久的书,我很想看看窗外,看看一九二八年十月二十六日清晨的伦敦。然而,似乎没人在读《安东尼与克莉奥佩特拉》,伦敦似乎对莎士比亚的戏剧漠不关心。似乎没人在乎小说的未来、诗歌的衰落或者普通女性为了完整地表达思想而对散文风格的开发。即使是把对这些事情的意见写在人行道上,也不会有人弯腰阅读。匆忙的脚步会在半个小时之内将它们擦个精光。这边来了一个送信的男孩,那里有个遛狗的女人。伦敦的迷人之处在于没有哪两个人是相同的,每个人似乎都在忙自己的私事。有些人拎着小包,看起来像商务人士;有些人用棍子敲打着栏杆,是流浪汉;还有一些和蔼可亲的人,街头对他们来说就像俱乐部,他们招呼着马车上的人,并主动提供消息。街上也有送葬队伍,让人联想到自己生命终结之时,不禁脱帽致意。一位高贵的绅士从台阶上徐徐走下来,而后停下脚步,给一位匆忙的女士让路。那位女士穿着华丽的毛皮大衣,手里还拿着一束帕尔玛紫罗兰,不知是从哪里弄来的。人们似乎各自独立,只顾着自己的事。

就在这时,交通完全停滞了,就像伦敦经常发生的那样。没有人来人往,没有车来车去。一片叶子从街尾的梧桐树上挣脱,飘落于这场停滞之中。不知何故,它就像一个信号,指向事物中被人们忽略的一股力量。它似乎指向一条无形的河流,河水流过街角,顺街而下,把人们带入漩涡,就像牛桥学院的溪流带走船上的学生和落叶一样。现在,河水正将一位穿着漆皮靴子的女孩从街道一侧带到斜对面,然后又带来了一个穿着栗色大衣的年轻男人,它还带来了一辆出租车,河流把这三者聚到了一起,就在我窗子的正下方,出租车停了下来,然后女孩和年轻男人也停下,他们上了车,之后出租车溜走了,仿佛被别处的水流冲走一样。

这个场景本身并没有什么特别之处,奇怪的是,我的想象赋予了它一种有节奏的秩序,两个人上出租车这样一幅再平常不过的场景,竟然也能传达出他们自身的满足感。我目送出租车转弯驶离时,心想,这两个人在街上相遇并走到一起的这幅景象,似乎为我缓解了一些精神上的压力。也许像我这两天一直在思考的那样,将性别视为彼此独立的存在,是一件费神的事。它干扰了精神的统一。现在,我已经停止了费神的思考,精神的统一也随着那两个人走到一起并上了出租车而恢复了。我把头从窗外缩回来,心里琢磨着,大脑真是一个非常神秘的器官,尽管我们对它如此依赖,却对它几乎一无所知。为什么我感觉精神上也有断裂和对抗,就像身体会在明显的外力作用下受伤一样呢?所谓"精神的统一"是什么意思?我沉思着，头脑强大的专注力能够在任何时刻集中于任何一点，以至它似乎没有独立存在的状态。比如，它可以将自己与街上的人分离开来，让自己从窗户俯视他们。它也能自然而然地融入他人，比如等待某条新闻被宣读的人群。它可以通过父母来思考，正如我之前说的，女性作家需要通过她们的母亲回顾过去。同样，女性经常会被意识的突然分裂惊到，比如在逛白厅街时，作为这个文明的自然继承者，她反倒成了这个文明的局外人和批判者。显然，大脑的焦点是不断变化的，会把世界带入不同的视角。但这些心态中，似乎有一些即使是被自发采纳的，也要比其他心态更让人不舒服。为了让自己能在这种心态中持续下去，人们会无意识地抑制某些东西，渐渐的，这种抑制越来越费力。但也许存在着一种没什么需要去抑制的心态，人们可以毫不费力地栖身其中。我离开窗边，心想这可能就是其中之一。因为当我看到这两个人上出租车时，感觉精神就像在分裂之后又自然地合而为一。原因显而易见，两种性别的并肩携手是自然而然的。人们有一种深入骨髓却非理性的本能，会支持这样一种理论，即男人和女人的结合会带来最大的满足和最完整的幸福。但是，那两个人乘上出租车的场景以及它给予我的满足感让我不禁发问，精神上是否也存在着与生理上相对应的两种性别？它们是否也需要结合起来才能获得完全的满足和幸福？于是，我不自量力地起草了一张心灵的结构图，表示我们每个人的内心都由两股力量主宰，一股是男性，一股是女性。在男性的大脑中，男性主导女性；在女性的大脑中，女性主导男性。正常且舒适的状态是二者和谐共处，并在精神上配合协作。对男性来说，他脑中女性的部分仍然必须发挥作用，同样，女性也必须与她内心的男性进行交流。也许柯勒律治在说"伟大的心灵是雌雄同体"时，就是指这一点。当这种融合发生时，精神才能得到充分的滋养，发挥出全部的才能。我认为，纯粹的男性心灵和纯粹的女性心灵一样，都无法创作。但此时，我们最好还是先看看书，了解一下"男性化的女性"和"女性化的男性"的含义。

柯勒律治说"伟大的心灵是雌雄同体"的，他当然不是说这是一种对女性有任何特殊同情的心灵，也并非指那些从事女性事业或致力于诠释女性的心灵。也许他的意思是，雌雄同体的头脑是共鸣且通透的，能够畅通无阻地传递情感，它天生富有创造力，热情又专注。事实上，尽管我们很难说清莎士比亚对女性的看法，但可以将他的头脑视为雌雄同体的代表。如果说头脑高度发达的标识之一就是不专门或单独考虑性别，那么现在要达到这种高度会比以往任何时候都困难得多。我走到了当代作家的作品前，驻足思考，那些长久以来困扰着我的事情，其症结是否就在于此呢？没有哪个时代像我们现在这样强调性别意识，大英博物馆里无数由男性撰写的关于女性的书籍就是一个证明。妇女选举运动无疑是罪魁祸首，它必定激起了男性对自我主张的极度渴望，使得他们开始强调自身的性别和特征，如果没有受到挑战，他们是不会费心思考这些的。如果一个人之前从未受到挑战，那么当挑战来临时，他会过度反击，即使挑战不过来自几个戴着黑帽的女人。我想这或许可以解释我发现的一些特征，我拿起了一本 A 先生的新小说，这位作家风华正茂，显然评论家们对他的评价很高。我翻开书，阅读了那么多女性的作品之后，再次阅读男性的作品，的确心情舒畅。它是那么直接、坦率，展现出了身心的自由和满满的自信。可以感受到这颗心灵从未被阻挠和反对，它从出生起就享有充分的自由，可以随心所欲地生长。在这种被良好滋润、受过良好教育的自由心灵面前，人们会感受到一种生理上的幸福。但是在读了一两章之后，似乎有一道阴影横在了书页上，那是一道笔直的黑线，形状如大写字母"I"。我开始左躲右闪，试图一窥其背后的景象。后面是一棵树，还是一个走来的女人，我不太确定。因为无论我怎么躲绕，总是会回到字母"I"上，我开始厌倦了。不过这个"I"是一个非常可敬的"I"，诚实且有逻辑，坚果般坚硬，在几个世纪以来的良好教育和滋养下变得油光晶亮。我打心底里尊重和钦佩这个"I"。但是，最糟糕的情况出现了，就在我又翻了一两页，寻找其他东西时，在字母"I"的阴影下，一切都像雾一样失去了形状。那是一棵树吗？不，是一个女人。但是……她的身体里一根骨头都没有，我心里想着，看着这个名叫菲比的女人走过沙滩。之后，艾伦站了起来，他的影子立刻掩盖了菲比。因为艾伦有自己的见解，菲比被他见解的洪流淹没了。接着，我觉得艾伦是一个有激情的人，我预感到危机即将来临，于是快速地翻动书页，果然如此。就发生在阳光下的沙滩上。就在大庭广众之下，激烈地发生了。没有什么比这更有伤风化了。但是……我说了太多次"但是"，不能再继续说"但是"了。我必须想办法结束这个句子，我自责道。我该把这句话说完吗？"但是——我觉得无聊！"但是我为什么觉得无聊？部分原因是字母"I"无处不在、枯燥乏味，它就像一棵遮天蔽日的山毛榉树，树荫所及，寸草不生。还有一些更隐晦的原因。A先生的思想中似乎有一些障碍，阻塞了创造力的源泉，将其局限于一个狭窄的范围内。回想起牛桥大学的那顿午餐、烟灰、曼岛猫、丁尼生和克里斯蒂娜·罗塞蒂，障碍有可能就在那里。因为当菲比走过沙滩时，他不再低声吟唱"落下一滴璀璨的泪，自门前的西番莲"，当艾伦走近时，她不再回应"我的心像一只歌唱的鸟，在水畔的新枝上筑巢"，他能怎么办呢？作为一个坦诚而有逻辑如天日昭昭的人，他只能做一件事。而且他也确实这样做了，一次又一次（我翻动着书页），一次又一次。我知道自己这样说很不好，但是，他的做法似乎有些枯燥。莎士比亚的粗俗会在人们的脑海中激起关于其他事物的千层波浪，而且远非枯燥。莎士比亚这样做是为了快乐，而 A 先生，就像保姆们说的，他是有意如此。他这么做是为了抗议。他强调自己的优越性，以此来抗议另一个性别的平等。他的思想就是这样被阻碍和抑制的。如果莎士比亚认识卡拉夫和戴维斯小姐，他可能也会是这样。毫无疑问，如果妇女运动始于十六世纪而非十九世纪，伊丽莎白时代的文学将大有不同。

那么，如果头脑的两性理论成立的话，就意味着男性气概现在已经成了一种自我意识，也就是说，男性只用大脑中的男性部分进行写作。那么女性就不该读他们的作品了，因为她们不可避免地会在书中寻找她们找不到的东西。我认为，人们最想要的是暗示的力量。我拿起评论家 B 先生的作品，非常仔细、认真地阅读他对诗歌艺术的评论。写得很优秀，敏锐而充满学识,但问题是,他的感情不再流通,他的思想似乎被分在了不同的房间,房间之间没有交流的声音。因此,当一个人将 B 先生的话带入思考时,它会重重地掉在地上——死了,但如果将柯勒律治的话带入思考,它会迸发出各种其他思想,这是唯一一种可以被称为掌握了永生奥秘的写作。

但无论原因如何,这都是一个令人遗憾的事实。因为这意味着——在我走到高尔斯华绥先生和吉卜林先生的作品前——当代最伟大作家的一些最优秀的作品被置若罔闻。无论女性怎么努力,她们都没法从这些作品中找到评论家们信誓旦旦的永生之泉。不仅是因为它们赞扬男性美德、强调男性价值观、描述男性的世界,更重要的是这些书中充斥的情感对女性来说是无法理解的。它来了,它在聚集,它即将在某人的头上爆发,故事还远未结束,人们就开始铺垫。那幅画将掉在老乔里恩头上,他会休克而死,老牧师会为他说上三两句悼词,泰晤士河上的所有天鹅将会同时放歌。但在这之前,人们就会匆忙逃离,躲进醋栗丛中,因为男性所感受到的那种深沉、微妙、富有象征性的情感只会让女性感到诧异。吉卜林笔下那些"转身"的军官就是如此,还有撒下"种子"的"播种人",那些独自"工作"的"男人",以及"旗帜"——所有这些引号中的字都让人脸红,仿佛在偷听一场纯粹的男性狂欢时被抓了个现行。事实上,无论是高尔斯华绥先生还是吉卜林先生,他们身上都没有一点女性的光芒。因此,概括地说,他们的所有品质在女性看来都是粗糙且不成熟的。他们缺乏暗示的力量。而当一本书缺乏暗示的力量时,无论它多么用力地撞击思想的表层,都无法深入其中。

我有些焦躁,没了看书的心思,只得把抽出来的书又放了回去。脑中开始设想一个纯粹的、充满男性气概的时代的到来,就像有些教授的信件(例如沃尔特·雷利爵士的信件)所预示的那样,而意大利的统治者已经将其实现。在罗马,人们很难不被那种纯粹的男性气概震撼,不管这种男性气概对国家的价值如何,它对诗歌艺术的影响我们还是得打上一个问号。根据报纸的报道,人们对意大利的小说有一定的担忧。学者们开了一次会,主题是"发展意大利小说"。

一帮"出身名门、金融界、工业界或法西斯组织中的名人"参与了讨论,随后向领袖发了一封电报。他们表示希望"无愧于法西斯时代的诗人将很快诞生"。我们都可以加入这个虔诚的希望,但是诗歌能否从孵化器中诞生还值得怀疑。诗歌既要有父亲,也要有母亲。法西斯主义的诗歌恐怕会变成一个骇人的死胎,就像我们在某个县城博物馆的玻璃罐里看到的那样。据说这种怪物总是活不长久,没人见过那样的奇人在田间除草。一个身体长两个头,并不能延长寿命。

然而,如果我们急于追究责任,那么两个性别都难辞其咎。所有的诱发者和改革者都应当为此负责:对格兰维尔勋爵说谎的贝斯伯勒女士,对格雷格先生说了真话的戴维斯小姐。所有唤起性别意识的人都应该受到谴责,正是他们迫使我在书中施展才华时,去追溯那个幸福的时代。那个时代,戴维斯小姐和克拉夫小姐还未降生,作家们能够平等地发挥头脑中的两种性别。我们得回到莎士比亚的时代,因为莎士比亚是雌雄同体的,济慈、斯特恩、库珀、兰姆和柯勒律治也是如此。雪莱也许是无性的。弥尔顿和本·琼森的男性特质偏多，华兹华斯和托尔斯泰也是如此。在我们这个时代，普鲁斯特是雌雄同体的，但或许更倾向于女性。但是这样的缺点少之又少，我们不该抱怨，如果头脑中没有两性的融合，似乎智力就会占据主导地位，而头脑的其他能力就会变得僵硬、贫瘠。不过，我是这样自我安慰的，这可能只是一个过渡阶段。我遵守了承诺，向你们传达了我的观点，但是我的许多话可能已经过时了。我眼中的激情，对那些未成年人来说，可能会显得可疑。

即便如此，我还是来到桌前，拿起那张题为"女性与小说"的纸，写下第一句话：对任何写作的人来说，把自己的性别放在心上都是致命的。成为一个纯粹的男人或女人都是致命的，你必须做一个有女性气质的男人，或是一个有男性气质的女人。对女性来说，哪怕只是稍微强调一点不满，甚至是出于正当理由的辩护，在任何情况下有意识地以女性的身份发言，都是致命的。我说的"致命"并非夸张，任何带有这种自觉偏见的文字都注定要死亡。它将不再受到滋养。也许在前一两天，它会表现得出色、有效、强大且精湛，但在夜幕降临时它必将枯萎，它无法在他人的思想中生长。只有头脑中的两种性别进行某种合作，艺术创作才能够完成。两种对立的性别必须实现某种结合。如果想完美、圆满地向读者传达经历，而且让读者能够感受到这点的话，那么作家的头脑必须完全开放，必须自由，必须平和。没有车轮的摩擦声，没有一丝光亮，帘子必须紧紧拉上。我觉得，一旦作家结束了这样的体验，他必须静静躺下，让大脑在黑暗中为它们的结合庆祝。千万别看，也别去质疑。相反，他要从玫瑰上采下花瓣，或观赏天鹅顺着河水静静漂流。我又看到了那道卷走了小船、学生和落叶的水流，看到出租车载着男女一起穿过街道，水流将他们卷走——远处传来伦敦车流的咆哮——卷进巨流。

玛丽·贝顿说到这里就停下了。她已经告诉你她是如何得出这个结论的了——一个平淡无奇的结论——如果你要写小说或诗歌，就必须有每年五百英镑的收入和一个带锁的房间。令她得出这个结论的过程和思绪，她已经试图讲明白了。她已经让你跟着她碰见了校官，在这儿吃午饭，在那儿吃晚饭，又去大英博物馆画画，从书架上拿书看，望向窗外。在这个过程中，你们肯定观察着她的缺点和弱点，心里裁定着这些缺点和弱点会对她的观点有什么影响。你一直在反驳她，并对她的观点做出你认为恰当的补充和削减。这是应该的，因为面对这样的问题，只有把各种各样的错误放在一起，才能得出真相。现在，我要举出两条已经预料到的批评作为结尾，这两条太明显了，几乎没法不提。

你们可能会说，关于男女作家的比较优势，我还没有发表任何意见。我是故意的，因为即使现在是时候做这种评估了——现在，了解女性拥有多少钱、房间之类的物质条件，要比理论上讨论她们的能力重要得多——即使时机已到，我也不相信天赋，无论是思想还是性格，是能像糖和黄油一样被称量的，即使是擅长给人分班级、戴帽子和加头衔的剑桥大学也无法做到这一点。我甚至不相信《惠特克年鉴》上的序列表能代表最终价值的顺序，没有任何充分的理由认为巴斯勋爵士参加晚宴时要走在精神病鉴定司法官后面。所有这些以性别对抗性别、以品质对抗品质的做法，所有声称优越指责低劣的行为，都归属于人类存在的小学阶段，这个阶段有"阵营"的存在，并且必须有一方把另一方击败，最重要的是上台领奖，从校长手中接过那个极具观赏性的奖杯。随着人类的逐渐成熟，他们将不再相信阵营、校长和花哨的奖杯。至少就书籍而言，给它们贴上永不脱落的价值标签可是出了名的难事。当下的文学评论不就是一个例子吗？同一本书可以同时被称为"伟大之作"和"无用之书"。赞美和批评同样没有意义。尽管衡量事物很有意思，但这项工作是最无用的，而顺从衡量者的命令则是最卑贱的态度。能够想写什么就写什么，才是最重要的，至于它能重要几年还是几个小时，没人说得准。但若是为了迎合某位手中拿着银制奖杯的校长或者某位袖子里藏着测量尺的教授，而牺牲你的想象力或想象色彩的一丝一毫，都是最可鄙的背叛；财富和贞洁的牺牲曾被认为是人类最大的不幸，与前者相比也不过像是跳蚤叮咬而已。

　　你可能会觉得我过分强调物质条件的重要性了。

即使是为象征留出宽裕的余地,也就是说,即使每年五百英镑代表着思考的能力,门上的锁代表着自主思考的能力,你可能仍然会说,思想应该超越这些事物,伟大的诗人往往都很贫穷。那么,让我来引用一下你们的文学教授的话吧,他比我更懂得如何造就一个诗人。亚瑟·奎勒·库奇教授这样写道:

> 过去一百年左右,有哪些伟大诗人的名字呢?柯勒律治、华兹华斯、拜伦、雪莱、兰多、济慈、丁尼生、布朗宁、阿诺德、莫里斯、罗塞蒂、斯温伯恩——到这里就差不多了。在这些人中,除了济慈、布朗宁和罗塞蒂外,其他人都是大学生,而在这三个人中,英年早逝的济慈是唯一一个并不富裕的。这样说可能很残酷,也很可悲,但实际情况是,诗歌天才的诞生与贫富无关,这一理论几乎没什么道理。事实是,这十二个人中有九个是大学生,这意味着他们受到了英国最好的教育。事实是,剩下的三个人中,你也知道布朗宁来头不小,我敢保证,如果他没

钱，就写不出《扫罗》和《指环与书》，就像拉斯金的父亲如果没有把生意做大，他也不可能写出《现代画家》一样。罗塞蒂有一小笔私人收入，而且他还可以靠画画挣钱。只剩下济慈了，命运女神阿特洛波斯夺走了他年轻的生命，一如她在疯人院中带走了约翰·卡拉尔，还使詹姆斯·汤姆森用鸦片来麻醉心志。这些都是可怕的事实，但是面对现实吧。不管这对我们的国家来说多么不光彩，事实都是如此，贫穷的诗人是没有机会的，无论是在这个时代还是过去两百年里。相信我——我花了将近十年的时间观察了大约三百二十所小学，我们可以大谈民主，但实际上，在英国，一个穷孩子并不比一个雅典奴隶的儿子更有希望被解放到能够催生出伟大著作的心智自由中。

他把这一点说得再清楚不过了。"贫穷的诗人是没有机会的，无论是在这个时代还是过去两百年里。……在英国，一个穷孩子并不比一个雅典奴隶的儿子更有希望被解放到能够催生出伟大著作的心智自由中。"就是这样，心智自由仰赖于物质条件，诗歌仰赖于心智自由。而女性的贫穷不只是在过去两百年里，而是从古至今的。女性的心智自由程度还不如雅典奴隶的儿子。因此，女性写诗的机会微乎其微。这就是我为什么如此强调金钱和一间自己的房间。然而，多亏了过去那些默默无闻的女性的辛勤劳动，我希望我们能更多地了解她们，还有，说起来有些奇怪，多亏了那两场战争，克里米亚战争让弗洛伦斯·南丁格尔走出了客厅，而六十多年后的欧洲战争则为普通女性打开了大门，为她们改善了恶劣的条件。否则，你今晚就不会在这里了，而你们每年挣到五百英镑的机会将极其渺茫，尽管现在也并非人人都有机会。

你可能仍会提出异议，因为根据我的说法，女性写作是要付出巨大努力的，可能会需要姑姑的死来成全，参加午餐会也几乎肯定会迟到，还可能与某些英雄好汉产生激烈争执，那么我们为什么还要这么重视这件事呢？我承认，我的动机在某种程度上是自私的。和大多数未受过教育的英国女性一样,我喜欢读书——我喜欢读大量的书。但是最近,我的阅读内容有点单调:历史太多是写战争的;传记太多是写伟人的;诗歌在我看来愈发贫乏,至于小说我就不再多说了,我已经充分暴露了自己作为现代小说评论家的无能。因此,我希望你写出各种各样的书,无论书的主题多么琐碎或宏大都毫不犹豫地去写。我希望你能有足够的财富去旅行和消遣,去思考世界的过去和未来,去书中梦想,去街头闲逛,让思绪的渔线深深垂入河流。我绝不是要把你限制在小说里。只要你能取悦我——还有千千万万个我这样的人——写旅行和冒险、研究和学术、历史和传记、评论和哲学以及科学的书都行。你的所作所为必然会促进小说艺术的发展,因为书籍之间会相互影响。小说与诗歌、哲学携手并肩会变得更好。此外,如果你回顾一下过去的任何一位伟大人物,比如萨福、紫式部、艾米莉·勃朗特,就会发现,她们既是继承者也是开创者;她们之所以会出现,是因为女性已经自然而然地养成了写作习惯。所以,即使作为一首诗歌的前奏,你们的这些行为也将是无价的。

然而,当我回顾这些笔记,反思自己的思维过程时,发现我的动机并非完全自私。在这些评论和讨论中,贯穿的信念——抑或本能——是对优秀作品的向往,那些优秀的作者,即使以各种形式展现出了人类的堕落,仍是善良的。因此,我说让你写书,其实是在敦促你做对你自己和整个世界都有利的事。我不知道如何证明这种信念或本能是正确的,因为一个没有接受过大学教育的人,在哲学上班门弄斧往往会弄巧成拙。所谓"现实"是什么意思?它似乎是一种非常不稳定、不可靠的东西,有时它在尘土飞扬的马路上,有时在街头报纸的一角,有时在阳光下的水仙花里。它照亮了房间里的人们,印下了一些不经意的话语。它压垮了披星戴月回家的人,让世界的真实无声胜有声——随后,它又出现在喧闹的皮卡迪利大街上的公交车里。有时,它似乎也会栖身天边,让我们难以辨别它的本质。但无论它触及什么,都会使之凝固并成为永恒。当岁月的皮囊被扔进树篱,它就是剩下的那部分。它是往昔、我们爱与恨的遗迹。如我所想，现在作家有机会比其他人更多地生活在这种现实之中。找到它、收集它，并把它传达给其他人，这是作家的事业。至少根据阅读《李尔王》《爱玛》或《追忆似水年华》的经验，我可以做出这个推断。因为读这些书就仿佛给感官做一场奇妙的手术，让人看得更透彻了，世界似乎褪去了外衣，被赋予一种更强烈的生命。那些与虚幻为敌的人很可羡，那些在未知中碰壁的人很可怜。因此，我希望你去赚钱、去拥有自己的房间，其实是希望你面对现实，无论你能否将其传达给他人，这种生活一定都令人振奋。

　　我想就此结束，但碍于惯例，演讲的最后还得有一段结束语。你也会认同，这段致女性的演讲应当有结束语，尤其是一些鼓舞和升华。我应当恳请你记住自己的责任，成为更高尚、更有精神追求的人；我应当提醒你，你很重要，你对未来有着很大的影响。但我认为这些劝诫可以放心地留给另一个性别去说，他们在这方面的口才比我好得多。我搜肠刮肚，也找不到任何关于携手并肩、追求平等或改变世界的崇高情感。我发现自己想说的话简单又平淡，那就是，做自己是最重要的。如果要说得更高尚一点，那就是，不要梦想着影响他人，要思考事物本身。

在翻阅报纸、小说和传记时，我再次想起，女人们交谈时，心中一定有某种不悦。女人刁难女人，女人讨厌女人，女人——难道这个词你还没听烦吗？反正我肯定是听烦了。那么咱们就都同意了吧，一个女人读给女人们的稿子，应当以一些特别不愉快的东西结尾。

但是，这该怎么说呢？我又能想到什么呢？事实上，我通常是喜欢女性的。我喜欢她们的不拘一格，我喜欢她们的完整，我喜欢她们的默默无闻，我喜欢——但我不能再说了。那边的橱柜——你们说里面只有干净的餐巾纸，但万一阿奇博尔德·博德金爵士藏在里面该如何是好？我还是用更严厉的语气吧。在前面的话中，我已经向你们充分传达了人类的警告和谴责吧？我告诉过你们奥斯卡·布朗宁先生对你们的评价之低。我讲过以前拿破仑对你们的看法和现在墨索里尼对你们的看法。还有，以防你们当中有立志写小说的人，我还复述了评论家们关于勇敢承认性别限制的建议。我还提到了×教授，也强调了他的观点：女性在智力、道德和生理上都要劣于男性。我没有特地去搜罗这些，只是把了解到的东西和盘托出。这里还有最后一条告诫——出自约翰·兰登·戴维斯先生，"当孩子不再必要时，女性也就不必要了"。我希望你们能记下来。

我怎么能进一步鼓励你们去着手人生呢？年轻的姑娘们，请听好，结束语开始了。我要说，在我看来，你们的无知很可耻。你们从未做出过任何重要发现。你们从未撼动过帝国的统治，也从未带领过军队参加战争。莎士比亚的戏剧不是你们创作的，你们从未将一个野蛮的种族引领到文明的祝福之中。你们有什么借口？你们大可以指着全世界的街道、广场和森林，指着其中熙熙攘攘的、忙于交通、事业与繁衍的黑人、白人和棕色皮肤的居民，说你们有其他事要做。你们大可以说，没有我们的付出，海洋将没有航船，沃土也将变成沙漠。据统计，现存的人口有十六亿两千三百万，是我们生养他们，清洗他们，教育他们，直到他们六七岁。这些事即便有他人帮忙，也要投入大量时间。

你们说的是事实——我不否认。但同时,我要提醒你们,自一八六六年以来,英国至少存在两所女子大学;在一八八〇年之后,已婚女性可以合法拥有自己的财产;在一九一九年——整整九年前,女性获得了投票权。此外,大多数职业已对女性开放了近十年。考虑到这些巨大的特权,以及你们享有这些特权的年头,想想此时此刻已经有大约两千名女性的年收入超过五百英镑这个事实,你们就会认同,那些缺乏机会、训练、鼓励、时间和金钱的借口已经不成立了。此外,经济学家还告诉我们,塞顿太太的孩子生得太多了。当然,你们还是得生孩子的,但他们说应该生两三个,而不是十个或十二个。

因此,你们有闲暇,脑中也有些书本知识——其他方面的知识你们已经受够了,而且我怀疑你们上大学的部分原因就是想摆脱那种教育——无疑要踏上漫长、艰苦且寂寂无名的职业生涯的另一阶段。有上千支笔已经准备好要建议你们、评判你们。我个人的建议有点不切实际,我承认,因此我才用小说的形式来传达。

在本文中,我告诉过你们莎士比亚有一个妹妹,但你们不要去锡德尼·李爵士的莎士比亚传记中找她。她很年轻就去世了——唉,她从未写过一个字。她被埋葬在大象城堡对面的公交车站。现在我相信,这位从未写过一个字、被埋葬在十字路口的诗人依然活着。她活在你我的心中,也活在今晚不在场的其他女性——因为她们在洗碗、哄孩子入睡——的心中。然而,她依然活着,因为伟大的诗人不会死去,她们一直都在,只要有机会,她们便会亲身降临与我们同行。我想,现在的你们能够给予她这个机会。因为我相信,如果我们再生活一个世纪左右——我说的是现实世界中人们共同的生活,而非我们每个人短暂、独立的人生——当每个人每年都有了五百英镑的收入和一间自己的房间;当我们都养成了自由的习惯和写出自己真实想法的勇气;当我们可以偶尔逃离公共起居室,去通过人与现实的关系,而非人与人之间的关系来了解人类;当我们可以直面事物本身,观察天空、树木和一切;当我们的目光穿越弥尔顿的幽灵,因为不该有人阻挡我们的视线；当我们面对现实，因为这就是现实，现实中没有臂膀可以依靠，我们独自前行，我们的关系不只局限于男女之间，而是与真实的世界相连，那么机会就会来临，莎士比亚的妹妹，这位逝去的诗人，将激活她沉睡已久的躯体。她将像她的哥哥一样，从默默无闻的先驱身上汲取生命，重获新生。至于她能否在没有准备、没有我们的努力和决心的情况下到来，并在重生后依然能够生活、写诗，我们不能抱有这样的期望，这绝无可能。但是我坚信，她会因我们的努力而到来，因此，即便身处贫困，即便默默无闻，我们的付出都是值得的。

[全书完]

© 维吉尼亚·伍尔夫 2024

图书在版编目（CIP）数据

女性、阅读和一间自己的房间 /（英）维吉尼亚·伍尔夫著；罗长利译. -- 沈阳：万卷出版有限责任公司，2024.6（2024.10 重印）
ISBN 978-7-5470-6493-1

Ⅰ. ①女… Ⅱ. ①维… ②罗… Ⅲ. ①随笔-作品集-英国-现代 Ⅳ. ① I561.65

中国国家版本馆 CIP 数据核字（2024）第 073066 号

出 品 人：	王维良
出版发行：	北方联合出版传媒（集团）股份有限公司
	万卷出版有限责任公司
	（地址：沈阳市和平区十一纬路 29 号 邮编：110003）
印 刷 者：	凯德印刷（天津）有限公司
经 销 者：	全国新华书店
幅面尺寸：	106mm×148mm
字　　数：	150 千字
印　　张：	8.75
出版时间：	2024 年 6 月第 1 版
印刷时间：	2024 年 10 月第 2 次印刷
责任编辑：	王越
责任校对：	张莹
封面设计：	朱镜霖
ISBN 978-7-5470-6493-1	
定　　价：	38.00 元
联系电话：	024-23284090
传　　真：	024-23284448

常年法律顾问：王 伟　版权所有　侵权必究　举报电话：024-23284090
如有印装质量问题，请与印刷厂联系。联系电话：010-88843286/64258472-80